rororo

rororo

ROLAND TOPOR, 1938 in Paris geboren, hat sich als Schriftsteller, Schauspieler und Zeichner einen Namen gemacht.

Sein Roman «Der Mieter» wurde 1976 von Roman Polanski verfilmt und als «poetischer Alptraum» gewürdigt. Bekannt und beliebt wurde Topor auch in Deutschland durch seinen anarchischen, radikalen Humor. Der populäre «Panik-Macher» (*Der Stern*) starb 1997 in Paris.

Roland Topor

KUNSTPAUSE

Roman

Deutsch von Bettina Arlt

Rowohlt Taschenbuch Verlag

Deutsche Erstausgabe
Veröffentlicht im Rowohlt Taschenbuch
Verlag GmbH, Reinbek bei Hamburg,
April 2000

Die Originalausgabe mit dem Titel
«jachère-party» erschien 1996 bei
Éditions Julliard, Paris

Redaktion Katharina Gerhardt
Umschlaggestaltung C. Günther / W. Hellmann
(Foto: photonica © Shay Hasson)

Satz Trinité PostScript (PageOne)
Gesamtherstellung Clausen & Bosse, Leck
Printed in Germany
ISBN 3 499 22404 6

Dank an Marie und Jean Grouët

ANMERKUNG

Die zahlreichen Ähnlichkeiten zwischen den
Figuren dieses Romans und Menschen aus
dem wirklichen Leben sollen nicht den elemen-
taren Unterschied zwischen ihnen vergessen lassen:
Die Figuren des Romans sind weniger
sterblich, und darunter leidet ihr Humor.
Was den Helden selbst betrifft, so weist er
nur eine ganz entfernte Ähnlichkeit mit dem
Autor auf, die lediglich einer Reihe von
erschreckenden Zufällen entspringt.

R. T.

Dienstag

1

Begraben unter einem Wust von durchgeschwitzten Bettdecken, Kissen und Laken, versuche ich verzweifelt, mich an einer Scheinwirklichkeit festzuklammern.

Kaum bin ich erwacht, habe ich schon einen Riesenhappen grausame Realität schlucken müssen, sodass mein Organismus, der noch von den Exzessen des Vorabends angeschlagen war, in Panik geraten ist. Das Adrenalin, das in großen Schüben durch meine Kanalisation gepumpt wird, hat höchste Alarmbereitschaft ausgelöst. Die aufgeschreckten Eingeweide drängen einem möglichen Fluchtweg entgegen und quetschen sich an den schwammigen Wänden entlang, während sich die krampfhaft zuckenden Verdauungsorgane ineinander verschlingen und mich von innen zu strangulieren drohen. Ich habe eine Gänsehaut, und mir stehen die Haare zu Berge.

So traurig und undankbar die Position sein mag, die ich in der Welt bekleide – bald wird auch sie mir entzogen werden. Vielleicht heute ... vielleicht schon morgen ... vielleicht auch erst nächstes Jahr, das auch schon bald der Vergangenheit angehört. Und dann der Tod, der Verlust der Sprache, die Explosion der Sonne, ein großes Nichts, so weit das Auge reicht. Besser ein Ende mit Schrecken als ein Schrecken ohne Ende.

Da wäre man schon dankbar für die kleinste göttliche Zuwendung; schade nur, dass ich nicht an Gott glaube.

Wie sollte ich auch, bei dem strengen Schweißgeruch, der mich umgibt?

Ich würde einiges dafür springen lassen, um meinen Glauben zu finden.

In tibetischen Klöstern (wenigstens nicht im Vatikan oder in Las Vegas) gibt es angeblich unfehlbare Techniken und ausgeklügelte, geniale Methoden, um den höchsten Grad an Spiritualität zu erreichen.

Gelegentliches Fasten, Schlafmangel, eine sorgfältig unausgewogene Ernährung, unablässig wiederholte Gebete und das Tragen von zu kleinen Schuhen scheinen Begegnungen mit Gott durchaus zu begünstigen. Der große Allmächtige kommt dann nicht länger als Erbfeind Nummer eins daher. Er tauscht sein abstoßendes Äußeres gegen das ansprechende Antlitz eines Zimmermädchens, das dem wahren Gläubigen die geheimsten Wünsche von den Lippen abliest. Ein Lächeln der höchsten Ekstase spielt um seine Mundwinkel und lässt Friede in sein Herz einkehren. Die große Versöhnung.

Aber leider liegt mir Askese nicht. Das bisschen Verstand, das mir noch geblieben ist, kommt mir dabei in die Quere, und der – bereits ziemlich abgestumpfte – Sinn für Humor, der mir zu Gebote steht, ist mir bei Dialogen auf allerhöchstem Niveau auch keine Hilfe.

Das Grundkapital meines Lebens löst sich schneller auf als ein Eiswürfel in einem Glas Glühwein. Die Rechnung ist ganz einfach. Man braucht bloß für jedes Jahr einen Franc zu setzen: achtundfünfzig Jahre macht achtundfünfzig Franc. Da haben selbst die Reichen nicht mehr als hundert Franc in der Tasche: Denn wer wird schon älter als hundert?

Vor gar nicht allzu langer Zeit hat mich noch jeden Morgen die Panik aus dem Bett getrieben, und ohne auch nur einen Blick ins Badezimmer zu werfen, habe ich mich immer gleich an die Arbeit gesetzt, um aus meinen Kreationen eine waffenfreie Zone herzustellen, in der ich sicher war.

Ich schrieb absurde Geschichten oder zeichnete wild drauflos, erfand zwingende Gründe, um Papier zu besudeln. Nach einer bestimmten Anzahl von beschmierten, bekritzelten, betippten, durchgestrichenen und zerknüllten Seiten ließ der Horror der Phantasie den echten verblassen. Seit ein paar Monaten klappt das nicht mehr. Der Schrecken kann mich nicht mehr motivieren. Er bewirkt genau das Gegenteil und versetzt mich in lähmende Lethargie, die umso unangenehmer ist, als sie von einem schlechten Gewissen begleitet wird.

Die Ausgeburten meiner Angst waren bisher mein einziger Broterwerb. Von dem Moment an, in dem die Panik ihre Produktion einstellt und mich in Apathie versetzt, bin ich auf meine eigene armselige Phantasie zurückgeworfen.

Ich bin für jeden Vorschlag offen, nehme jeden aberwitzigen Auftrag an. Ich habe Buchverträge unterschrieben, mehrere Ausstellungen in Aussicht gestellt und Plakatproduktionen zugesagt. Aber die Ideen wollen einfach nicht sprießen.

Ist das nun Unvermögen oder Gedankenarmut?

Ich starre reumütig auf den Scheck auf meinem Nachttisch, der ohnehin nicht der Rede wert ist, so als könne mein Blick allein all meine Schulden tilgen. Mich zur Bank zu schleppen, dazu bringe ich nicht mehr die Kraft auf. Dabei ist mein Konto längst schon wieder im Minus, obwohl ich nicht weiß, wie viel, denn meine Post öffne ich schon lange nicht mehr.

Ich weiß, ich bin nicht der Einzige, der finanzielle Probleme hat, und Inspirationsausfälle gehören nun mal zum Metier. Vielleicht liegt es am Alter, dass ich sie so schwer verkrafte, oder an der Wirtschaftskrise oder am bedauernswerten Zustand des Kunstmarktes. Aber dass es den anderen auch nicht besser geht als mir, tröstet mich gar nicht.

Ich strecke den Kopf unter der Bettdecke hervor.

In meinem Zimmer bietet sich mir das jämmerliche Schauspiel alltäglicher Dinge, die, genau wie wir auch, nach und nach unserem gemeinsamen Feind, der Zeit, zum Opfer fallen.

Die Farbe blättert von den Wänden ab und rieselt von der Decke auf Bücher, die mir aus den Händen gefallen sind, häuft sich auf dem schmuddeligen Teppichboden, zwischen mehrere Wochen alten Zeitungen, auf Umschlägen, die mit Telefonnummern vollgekritzelt sind, auf der Wäsche und den schmutzigen Handtüchern.

Das Tageslicht fällt durch die Ritzen der Jalousien, die immer geschlossen bleiben, und durch den zerrissenen schwarzen Vorhang, auf den eine portugiesische Freundin vor kurzem in Gelb meinen Schatten gestickt hat.

Durch die eingestürzten Büchertürme und den Bücherschutt, der überall herumliegt, erinnert mein Zimmer an eine Stadt in Trümmern. Jeder Buchtitel entspricht einem Straßen- oder Ladenschild. Doch die ursprüngliche Ordnung wurde radikalen Änderungen unterworfen.

Hat hier ein Erdbeben gewütet? Oder war es ein Bombenangriff?

Ein weiterer Hinweis auf seltsame nächtliche Aktivitäten ist die Tatsache, dass die Bilder schief hängen. Darunter auch das letzte Bild meines Vaters, das er nicht mehr fertig stellen konnte und auf dem man eine kleine Straße sieht mit einer Abflussrinne in der Mitte, die in einen Gulli mündet.

Ich rufe meine Toten. Mama, Papa, meine Freunde und Freundinnen, alle Abwesenden bestätigen nacheinander ihre Anwesenheit.

Dabei erscheinen mir ihre Gesichter am helllichten Tage. Ich brauche mich gar nicht besonders anzustrengen, um zu erkennen, ob sie fröhlich oder bedrückt dreinschauen, um ihre

Augen leuchten zu sehen und ihre raue Haut zu spüren, wenn ich sie berühre.

Sie schwirren um mich herum und sind froh, ihrem Aufpasser einen Moment lang entwischt zu sein, um sich die Beine vertreten zu können.

Wie kommt es bloß, dass mein Körper, der doch so voll, so schwer und so präsent ist, so viel Abwesenheit enthält?

Als ich mir gestern Abend anstelle der Schlaftablette wieder eine Portion Literatur zu Gemüte führte, stieß ich in den *Tagebüchern* der Brüder Goncourt auf folgende Zeilen: «In Pisa ist ein ganzes Volk beisammen, das stets an den Tod denkt. Die einen denken nur ans Leben und die anderen nur ans Sterben. Das Hier und Heute lebt von toten Projekten und toten Hoffnungen.»

Weil ich schon so müde war, habe ich zuerst gelesen: «ist ein ganzes Volk beisammen, das schräg aus dem Lot hängt».

Wenn man sich das fortschreitende Alter als sinkendes Schiff vergegenwärtigt, dann kann man anhand des Neigungswinkels seines Rumpfes das Ausmaß der Katastrophe ermessen. Und die Schlagseite, deren Auswirkungen um mich herum sichtbar werden, ist schlimmer denn je. Selbst mein Gesichtsfeld scheint davon betroffen zu sein. Alles ist schief, nichts ist mehr so gerade, wie es war.

Da sehe ich den Jungen aus Bomarzo wieder vor mir, der im Park des Hauses, das schief gebaut war, zwischen den Steinmonstern stand und von einer schlimmen Übelkeit befallen wurde. Seine Eltern waren darüber sehr betrübt und versuchten, ihn zu trösten, gaben aber nie seiner Bitte nach, diesen Ort zu verlassen.

Sie glaubten, ihr Sohn sei seekrank, dabei handelte es sich zweifellos um die Symptome tiefster Verzweiflung, welche die ersten physischen Anzeichen des Alterns bei ihm hervorgerufen hatten. Sie sagten, er solle sich zusammennehmen, und ermunterten ihn, sich durch weitere Besuche abzuhärten. Er schwieg und kotzte.

Bei jungen Leuten äußert sich Widerstand durch Kotzen. Sie weigern sich zu verdauen, wenn nicht sogar, herunterzuschlucken. Dem Verdauungssystem stößt der wenig appetitliche Anblick der Ekel erregenden Realität, die man ihm zumutet, übel auf – es ruft den Streik aus und zwingt den jungen Menschen, alles sofort wieder auszuspucken. Bei den Alten dagegen zeigt sich der Widerstand in abgeschwächter Form. Die raue Realität von sich zu stoßen geht über ihre Kräfte; sie sind bereits von ihr durchdrungen. Ob es ihnen passt oder nicht – die Realität ist ihr täglich Brot, wobei sie unermüdlich die Hoffnung hegen, dass sie deren schädlichste Bestandteile auf der Toilette wieder ausscheiden können. Die Auflehnung verwandelt sich in Durchfall.

Eine junge Schweizerin, die bei einem Freund in Paris Au-pair-Mädchen war, hat mir einmal erzählt, dass sie sich mit dreizehn regelmäßig nach dem Essen übergeben hat. Ihr Vater war Alkoholiker und hatte mehrfach versucht, sie zu vergewaltigen; ihre Mutter, völlig schockiert und unfähig, ihr zu helfen, hasste sie, weil sie sie für eine perverse Lügnerin hielt. Weil sie immer dünner wurde, kam sie mehrere Male ins Krankenhaus; dann lief sie weg. Nachdem die Polizei sie aufgegriffen hatte und sie bei einer Tante untergekommen war, schickte man sie auf die Kunstakademie, weil sie immer so viel zeichnete. Und sie bekam ein Stipendium und konnte ein Jahr lang Kunstgeschichte in Paris studieren.

Jetzt aß sie normal, und es ging ihr besser: «... aber weißt du, nach jeder Mahlzeit muss ich mich tierisch zusammennehmen, um nicht alles wieder ins Klo zu kotzen. Ich tu mein Bestes, ich reiß mich zusammen, aber manchmal überkommt es mich einfach. Ich steck mir den Finger in den Mund und spucke alles wieder ins Waschbecken. Der Spaß, den ich dabei habe, entschädigt mich fast für meine miese Kindheit. Ist ein richtiges Laster geworden.»

Manchmal – wenn mir auf der Straße gut aussehende Jugendliche entgegenkommen oder wenn ich bildhübsche Models auf einer Modenschau sehe – frage ich mich, wie viele dieser himmlischen Geschöpfe sich genauso krampfhaft das Kotzen verkneifen müssen.

Das wäre ein Spektakel: «Top-Model kotzt während Modenschau!», und alle werden nass, die ganzen Berühmtheiten, reiche alte Schachteln, Journalisten und Fotografen, die gekommen sind, um die neuesten Kreationen der großen Couturiers zu bewundern.

Komisch, dass das noch nie passiert ist!

Im Teylers Museum in Haarlem ist der Fußboden genauso schief wie die Brücke eines sinkenden Schiffes. Dort gibt es Felle, Scheißhaufen, sogar ein Dinosaurier-Auge, eindrucksvolle antike Gerätschaften, alte holländische Schinken aus dem 19. Jahrhundert und eine seltene Sammlung: Zeichnungen von Raffael, Da Vinci und Michelangelo, die man hinter einem Vorhang versteckt hat, damit sie vor der Sonne geschützt sind.

Plötzlich habe ich eine Erleuchtung …

… und weiß sogleich, welch noblem Unterfangen ich mich von jetzt an widmen werde: dem Kampf gegen das Licht!

Anstatt immer weiter stur drauflos neue Kunstwerke zu schaffen, die sowieso dem Vergessen anheim fallen, anstatt eine chronische Überproduktion anzukurbeln, die früher oder später inflationären Charakter annehmen muss, täte ich weitaus besser daran, bereits existierende Werke zu verhüllen, und zwar die der anderen genauso wie meine eigenen. Und obwohl ich das nur in der allerbesten Absicht täte, sie vor der bösen Sonne zu schützen, die ihre Farbpigmente zerstört, könnte ich mir eine gewisse Schadenfreude meinen Künstlerkollegen gegenüber nicht ganz verkneifen.

Der Gemälde- oder Zeichnungs-Schutzvorhang wäre nicht nur eine gute Tat, sondern auch ein gutes Geschäft. Unendliche Absatzmöglichkeiten täten sich da auf! In jeder Wohnung, in jedem Zimmer, in jeder Etage, überall, wo es Wände gibt, wimmelt es nur so von Bildern, Zeichnungen oder Fotos, die man verhängen könnte, alles wertvolle Stücke, die um jeden Preis geschützt werden müssen.

Während ich verzweifelt versuche, trotz aller Schräge dem Museum noch eine gewisse Vertikalität abzugewinnen, spinne ich meine Überlegungen hinsichtlich meiner neuen Verkaufsidee fleißig weiter.

«Was, Sie setzen den Warhol der frischen Luft aus? Das ist ja reinster Vandalismus! Bedecken Sie ihn, ich bitte Sie, kaufen Sie einen Vorhang! Nicht nur, dass er länger lebt, Sie werden auch bemerken, dass Sie ihn mit einem ganz neuen Vergnügen betrachten werden, wenn Sie einmal das brennende Verlangen haben, den Vorhang beiseite zu ziehen. Denn wenn Sie ihn dauernd anschauen müssen, wird er irgendwann uninteressant.»

Und nicht nur Warhol! Wie viele Le Gacs, Kleins, Adamis und Bens könnte ich im letzten Moment durch meinen Vorhang dem Verderben entreißen?

Die Schräge hat zumindest einen Vorteil: Sie trägt nicht gerade dazu bei, Prozesse zu beschleunigen. Und so lasse ich die

Idee vom Vorhang-Verkaufen ebenso schnell wieder fallen, wie sie mir gekommen ist.

Die Warhols, Le Gacs, Kleins, Adamis und Bens gilben Tag für Tag weiter still vor sich hin, bis sie schließlich ganz durchscheinend sein werden, sodass man den Eindruck gewinnt, dass die zeitgenössische Kunst noch vergänglicher ist als die Natur selbst.

Trotzdem glaube ich noch heute, dass es in diesem Bereich ungeahnte Möglichkeiten für einen aufstrebenden Jungunternehmer gäbe.

Aus dem Fernseher, der am Fußende meines Bettes steht, strömt ein lieblicher Verwesungsduft, vermischt mit dem zarten Geruch von kalter Asche aus den überquellenden Aschenbechern.

Ich greife nach der Fernbedienung, zappe die Kanäle durch und sauge die verunglückten Bilder, die überall daherkommen, wo noch etwas passiert auf dieser Welt, tief in mich hinein.

Wie das Fernsehen poltert, rumort und jault!

Es preist die Bewegung und singt ein Loblied auf die Hektik. Wild gestikulierende Massen machen sich den Bildschirm streitig, benommen von Lärm und Raserei, gefangen in einem ewigen Veitstanz.

Zwischen zwei hysterischen Massenszenen kommentiert hin und wieder eine Hand voll verweichlichter Prominenter, unterstützt von apathischen Intellektuellen, friedfertig die dramatischen Ereignisse, die zwei Sekunden zuvor auf einem anderen Sender zu sehen waren.

Je mehr Macht die Mächtigen haben, umso unflexibler werden sie, während die Unterprivilegierten, die Sklaven der Gesellschaft, sich nicht mehr damit begnügen, brav auf ihrem Platz zu bleiben; atemlos preschen sie in alle Himmelsrichtungen.

Trotz unterschiedlicher Meinungen können sich die Beobachter im Allgemeinen auf zwei Punkte einigen:

1) Wir leben in einer Zeit des Umbruchs.

2) Niemals zuvor in der Geschichte der Menschheit haben sich die Dinge mit einer solchen Kraft, einer solchen Intensität, Qualität, Schnelligkeit, Temperatur, Intelligenz und Grausamkeit entwickelt.

Kurz gesagt, wir leben in einer Zeit des Umbruchs der besonderen Art. Diese Kombination ist rekordverdächtig.

Das Guinness-Buch der Rekorde vertritt die Ehrenriege der menschlichen Art, eine Reihe von Passagieren erster Klasse, zu denen jeder gerne gehören möchte. Angespornt von der großen Versuchung, beginnen die Armen sich vor den Reichen zu produzieren. Um jeden Preis versuchen sie, sich einen Platz auf dem Podium zu erkämpfen, und wer verliert, versinkt im Sumpf und ward nie mehr gesehen.

Athleten aller Art tummeln sich auf dem Bildschirm unter den strengen Augen der Schiedsrichter aus Religion, Politik und Militär.

Das Leben der Tiere – immer wieder ein beliebter Schauplatz moralischer Erbauung – beansprucht z. B. eine beachtliche Sendezeit. Es fehlt auch niemals an Beutetieren, die dran glauben müssen, weil sie langsamer waren als ihre Feinde oder weil sie eine unverzeihliche Lebensfreude an den Tag legten. So feiert der Mensch immer wieder aufs Neue das längst widerlegte Gesetz von der natürlichen Auslese und sieht sich selbst dabei gerne auf der Seite des Siegers.

Mein Katzenjammer verwandelt sich in dumpfe Wut.

Nichts und niemand kriegt mich heute aus dem Bett. Und wenn es nur einen einzigen Menschen in ganz Paris geben sollte, der sich weigert, vor drei Uhr nachmittags aufzustehen, dann bin ich das!

Ab heute liege ich brach.

2

Seien wir ehrlich, was bin ich mehr als ein Fleckchen verbrauchte Erde? Ein Häufchen Erde, das dank einer Laune des Schicksals zwar kurzzeitig die Gestalt des Gärtners angenommen hat, mittlerweile aber nur noch zum Brachland taugt.

Ich gebe ja zu, dass ich nicht gerade zimperlich mit meiner Scholle umgesprungen bin. Nachdem ich sie beackert, gedüngt, bewässert und wahllos alles angepflanzt habe, was mir unter die Finger kam, bloß um meine zwölf Ernten pro Jahr einzuholen, steht sie nun kurz vor der totalen Verödung.

Die Europäische Kommission in Brüssel fordert bekanntlich von den Agrarländern, dass sie einen Teil ihrer Anbaugebiete brachliegen lassen, um die aus der optimalen Entwicklung der Anbaumethoden resultierende landwirtschaftliche Überproduktion zu stoppen. Experten zufolge ist in den kommenden Jahren mit einem Rückgang der Zahl der Landwirte um fünfzig Prozent zu rechnen. Und was wird aus den anderen fünfzig Prozent?

Landschaftshüter.

Um einer neuen Landflucht vorzubeugen, erhalten sie staatliche Subventionen, damit sie sich voll und ganz auf ihre neue Aufgabe konzentrieren können.

Und was die können, kann ich genauso: Ich werde Hüter meiner eigenen Person.

Das ist beileibe kein Zuckerschlecken! Denn meine Landschaft löst sich langsam in Wohlgefallen auf.

Meine Zähne werden gelb und fallen aus, meine Haarpracht

verflüchtigt sich, weiße Haare verunstalten meine Augenbrauen und wachsen büschelweise aus Ohren und Nasenlöchern.

Über den Zustand meiner inneren Organe verkneife ich mir lieber jegliche Spekulation.

Als ich eines schönen Morgens nichts ahnend durch das Hallenviertel schlenderte, fiel mein Blick auf einen Haufen Eingeweide, den man achtlos in einen Handwagen geworfen hatte; dieser raste in einem Höllentempo an mir vorbei und wurde von einem schmächtigen Fleischer mit Killervisage gezogen.

Ein besseres Bild für meine körperliche Verfassung und den Zustand der Steine, Gewächse, Flüsse und Schwellungen in meinem Innern kann ich mir kaum vorstellen.

Und das Ganze getunkt in grünliche Flüssigkeit, durch die sich schleimige Schlieren von blutigem Schaum ziehen.

Kaum zu glauben, dass ich mal so ein süßes Kind war!

Äußerlich zumindest.

Denn damals wusste ich noch nichts von Malerei und Literatur, von Kultur und vom Leben überhaupt. Mir fehlten jegliche Vergleichsmöglichkeiten, um die Bedeutung meiner Existenz beurteilen zu können. Ich war noch keine fünf Jahre alt, da versuchte man schon, mich loszuwerden. Sie wollten mich vernichten, allesamt, die Schweine, und selbst den halbwegs Anständigen unter ihnen hätte mein Verschwinden keinen nennenswerten Kummer bereitet.

Dabei fand ich es ziemlich anständig von mir, ja fast heldenhaft, dass ich auf eigene Gefahr in meine Haut geschlüpft war, dass ich den Tod riskierte, um leben zu können.

Auch ich habe einen Juden gerettet!

Die Katholiken sind nicht die Einzigen, die sich damit brüsten können.

Für diese Tat stehe ich tief in meiner Schuld; das werde ich mir nie vergessen.

Und jetzt ist der Augenblick gekommen, mich erkenntlich zu zeigen.

Ab heute bin ich mir selbst der Nächste.

Ein erster Schritt, dessen Dringlichkeit keinen Aufschub duldet: Ich höre auf, mein Feld zu bestellen!

Leichter gesagt als getan.

Ebenso wie die Landwirtschaft leidet auch der Kulturbetrieb unter einer erschreckenden Überproduktion. Tagtäglich wirft er Massen von leicht verderblichen Produkten auf den Markt, die immer schneller abgesetzt werden müssen. Gigantische Konzerne und Institutionen zwingen uns Unmengen von Filmen, Theaterstücken, Ausstellungen, CDs und Büchern auf.

Wer heutzutage nicht mehr lesen will, keine Musik mehr hören, nicht mehr fernsehen und die Werbung ignorieren will, der braucht schon ungewöhnliche Widerstandskraft. Denn um so kleine Fische wie mich in den Netzen der Konsumkultur einzufangen, bleibt kein Mittel unversucht.

Helden ohne Größe und Geheimnis sollen mich in ihren Bann ziehen, ein Strudel von Ereignissen aus Sport, Politik und Wirtschaft mitreißen!

Man will mich in eine Scheinwelt versetzen, ich soll die armseligen Hirngespinste anderer nachleben, welche sie sich für wieder andere aus den Fingern gesogen haben – ich weigere mich aber ausdrücklich, diesen Erfindungen zu gleichen.

Die angeblich unumstrittenen Werte, die man mir reihenweise als Wahrheiten, ja als gesellschaftliche Phänomene verkaufen will, dienen dazu, mein kritisches Urteilsvermögen zu untergraben und bei der Gelegenheit auch mein Immunsystem außer Kraft zu setzen.

Die Krise, in der ich mich gerade befinde, beweist, dass mein passiver Widerstand erfolglos war. Ich bin zwar noch nicht tot, aber infiziert.

Indem ich alle Produkte von minderwertiger Qualität vermied, hoffte ich, gefahrlos die Crème de la Crème der Kultur genießen und vielleicht sogar Nutzen aus ihr ziehen zu können.

Ich stellte mir nämlich – arglos, wie ich war – vor, dass ich eigens auf die Welt gekommen war, um den Erhalt der Kultur zu sichern, hielt sie doch ganze Heerscharen von Schutzengeln für mich bereit, die nur darauf warteten, mir zu Hilfe zu eilen und mich vor den Gefahren, die meiner Existenz drohten, zu beschützen.

Welch tragischer Irrtum!

Bei dem Versuch, mein Feld zu bestellen, habe ich mich selbst ganz aus den Augen verloren.

Ich verließ den sicheren Hort meiner Abgeschiedenheit und machte mich achtlos auf, um im Zwielicht der Dämmerung schutz- und wehrlos durch die Traumwelten anderer zu wandeln. Dabei fand ich mehr Ruhm darin, mich meinen Verfolgern zu stellen, als das Überleben meiner Art zu sichern, deren Bestand auf ein einziges Exemplar zusammengeschrumpft war.

Als Jugendlicher fand ich es beruhigend, mich mit Büchern, Bildern, Platten und allem möglichen Kleinkram meiner Wahl zu umgeben. Sie spiegelten mir das Idealbild des Mannes vor, der ich gerne werden wollte, und nährten meine Hoffnung, dass ich mir eines Tages einen bedeutenden Platz auf dieser Welt erkämpfen würde. Es bereitete mir ein geradezu sinnliches Vergnügen, sie umzustellen, anzuschauen oder auch nur ihre stille Anwesenheit zu spüren.

Aber die Zeiten haben sich geändert.

Bei der Möblierung meines Territoriums habe ich durch das endlose Anhäufen von Gegenständen, die mir am Herzen lagen, meinen Lebensraum schließlich unbewohnbar gemacht. Papiermassen belagern mich und rauben mir die Luft zum Atmen.

Tagtäglich fällt das Papier kiloweise in meine Wohnung ein. Ob in Form von Briefen oder Katalogen, Zeitschriften oder Büchern, die entweder Besucher bei mir liegen gelassen haben oder die ich selbst in der Buchhandlung erstanden habe, Drehbüchern oder Manuskripten, Kochrezepten, Drucksachen oder leeren Schreib- und Zeichenblättern …

Ungnädig blicke ich auf die Romane, die mich umzingeln wie eine Horde von Schaulustigen den Körper eines Unfallopfers und die nur so übersprudeln von ihren kleinen Geschichten und dabei den Todeskampf des Verunglückten völlig ignorieren.

Die Tatsache allein, dass ein Autor in der Lage ist, Subjekt, Prädikat und Objekt aneinander zu reihen, reicht noch nicht aus, um mich für melodramatische Dreiecksgeschichten vor dem Hintergrund eines Weltkriegs oder einer Revolution zu begeistern. Und warum sollte ich angesichts einer Gruppe pittoresker Gestalten, denen der Autor in einer Kleinstadt im Südwesten begegnet ist, in Verzückung geraten? Oder vor Angst erbeben, wenn in der Unterwelt von Chicago oder im sibirischen Tiefland zur Menschenjagd geblasen wird? Oder mich herzlich amüsieren, wenn ein Pariser Ehepaar aus dem gehobenen Bürgertum um die Jahrhundertwende von seinem rebellischen Hauspersonal terrorisiert wird? Und wenn ich an die Massen von Liebesgeschichten denke, die lang und breit die Gefühlskämpfe, unglücklichen Verstrickungen und Missverständnisse beschreiben, die zwei Liebende überwinden müssen, ehe sie schließlich ein plärrendes Balg zeugen oder es bleiben lassen! Wen interessiert das?

Was gehen mich die Memoiren eines Akademiemitglieds an? Oder das persönliche Tagebuch eines politischen Beraters aus dem Élysée-Palast? Oder Pläne für ein neues Frankreich, die dem kranken Hirn eines Parteiveteranen entsprungen sind?

Ich weiß ja, dass der Stil wichtiger ist als die Handlung und dass sich selbst über ein Stück Seife oder einen Schwachkopf Meisterwerke schreiben lassen. Ich bin mir der soziologischen und historischen Bedeutung solcher Zeugnisse durchaus bewusst, ganz zu schweigen vom rein menschlichen Aspekt.

Aber ich habe schon lange aufgegeben, all das empfinden zu wollen, was Männer und Frauen vor mir empfunden haben und nach mir empfinden werden. Ich glaube nicht mehr, dass ein Teil von mir im Anderen existiert – und sei der Prozentsatz auch noch so gering. Genauso wenig glaube ich, dass ich Teile des Anderen in mir trage. Ich habe weder genügend Platz noch Zeit, um die ganze Welt zu archivieren.

Ich dachte immer, wenn ich unbeschwert von Buch zu Buch zu hüpfe, um mal hier einen Abschnitt zu lesen und dort zwei Zeilen zu genießen, könnte mir nichts passieren, denn auf diese Weise könnte ich in die unterschiedlichsten Welten eintauchen, ohne mich an ihre Gesetzmäßigkeiten halten zu müssen. Eine kleine Kostprobe und – schwupp – bin ich wieder weg!

Ganz so ungefährlich war es dann doch nicht.

Wie eine Biene sammelte ich fleißig Blütenstaub für meine Honigproduktion und merkte gar nicht, wie mich jede Blüte mehr berauschte, bis ich am Ende völlig benebelt war.

Und diese Luxusbände in Vierfarbdruck und Leineneinband … Wenn ich schon die Titel sehe: *Zwanzig Jahre Sammeltätigkeit in Ka-*

taloniens Museen, *Kubistische Auslese*, *Die Klassiker der Konzeptkunst*! Haben sie mein Leben in irgendeiner Form bereichert? Haben sie zur Entwicklung meiner plastischen Ausdruckskraft beigetragen oder etwa die Entfaltung meiner Persönlichkeit gefördert?

Das Gleiche gilt für *Die Prachtbauten von Touraine* oder für *Hundert zeitlose Meisterwerke*, *Die Seidenstraße*, *Sammlerstücke* oder *Die Frau in der orientalischen Malerei*.

Diese mächtigen Wälzer, deren Seiten so reichlich mit Schönheit bestrichen sind wie ein Butterbrot mit Marmelade, machen mir schon lange keinen Appetit mehr; sie bleiben mir im Halse stecken. Wenn man sechs ganze Bauernbrote, drei Kilo Butter und zwölf Gläser Marmelade verzehrt hat, wird einem schließlich auch schlecht; und diese Menge entspricht höchstens zehn Seiten eines Kunstbandes von mittlerer Größe.

Die einen können sich beherrschen, die anderen übergeben sich sofort und kotzen die herrlichen Drucke von Uccello, Masaccio und Mondrian voll oder verschaffen sich Erleichterung, indem sie sich am Rand des Textes vergehen oder vorher den Schutzumschlag entfernen ... Seekrank zu sein ist gar nichts im Vergleich zu einem ordentlichen Kunstbuch-Überdruss.

Auf einem Schiff weiß man wenigstens, wofür man kotzt: Man hat ein Ziel, das man erreichen will.

Das Absurde am Kunstbuch-Überdruss ist, dass man sich hier nicht von der Stelle bewegt und die Aufmerksamkeit daher zwangsläufig am Objekt des Abscheus haften bleibt.

Überdies kauft man diese Kunstbände eigentlich nur, um sie zu verschenken. Um sie möglichst schnell wieder loszuwerden. Alle machen das so.

Die, die man zu Hause stehen hat, waren Geschenke.

Eins muss man ihnen allerdings lassen: Sie sind unvergleichlich schön.

Aber ihre Schönheit hat etwas Hochmütiges; sie ist zäh, gefährlich, heimtückisch und widerwärtig.

Sie untergräbt die Lebenskraft, nimmt einem den Mut und bringt einen zum Weinen, ohne dass man weiß, warum.

Wie soll man es ertragen, in seiner vertrauten, aber profanen Umgebung weiterzuleben, nachdem man zu Gast war bei Vermeer, Velazquez oder Rubens?

Die Bücherschränke werden vom Florenz-Syndrom heimgesucht.

Diese heimtückische Nervenschwäche, die vorzugsweise die unglückseligen Bewohner schöner Städte befällt, hat sich – dank der Mithilfe emsiger Kunstbuchverleger – längst über die Grenzen der Toskana hinaus ausgebreitet und ist auf dem besten Wege, die ganze Welt zu infizieren.

Ich springe aus dem Bett, schnappe mir einen Arm voll Bücher, die sich zwischen Fernseher und Kamin stapeln, und werfe sie, ohne zu zaudern, in den Müllbeutel, der an der Küchentür hängt.

Schluss mit dem sentimentalen Abfall!

Schluss mit dem ästhetischen Müll!

Schluss mit den kläglichen Resten profaner Menschlichkeit!

Diesen Vorgang wiederhole ich mehrere Male und steigere mich dabei in eine wahre Beseitigungswut. Ich schnappe mir alles, was mir unter die Finger kommt: egal ob Krimis, Taschenbücher, Zeitschriften, Originalausgaben oder Comicbände.

Es versteht sich von selbst, dass ich keine Ausnahmen mache. Jedes Mal wenn ein vertrauter Titel mich jammernd anfleht: «Halt, nicht mich! Weißt du nicht mehr, wie gerne du mich gelesen hast? Verschone mich!», packt mich eine wilde Schadenfreude, und ich antworte hämisch: «Spar dir deinen Atem! Ich lass mich nicht erweichen!

Kein Pardon für alte Freunde! Ab in den Müll mit euch, zu den andern! Was für eine Erlösung!»

An die meisten kann ich mich sowieso nur noch ganz entfernt erinnern; da ist lediglich eine vage Reminiszenz daran, sie einmal gelesen zu haben, so ein Gefühl von «Déjà-lu». Meine Güte, was hab ich bloß für einen Krempel angehäuft!

Einzelne Blätter fliegen herum, die Buchdeckel gehen kaputt, und nach der fünften Fuhre gibt der hoffnungslos überfüllte Müllbeutel schließlich den Geist auf und ergießt seinen Inhalt aufs Linoleum.

Da fällt mein Blick auf *Yoricks empfindsame Reise*, die beim Sturz inmitten des Abfalls gelandet ist und jetzt unter Kartoffelschalen, Kaffeesatz und leeren Kartons hervorguckt.

Arme *Empfindsame Reise*! Sie hat es nicht verdient, so zu enden wie Horace McCoys Held aus *Das letzte Hemd hat keine Taschen*, das übrigens direkt neben ihr liegt!

Und *Meine Freunde* von Emmanuel Bove!

Das bring ich nicht übers Herz!

Mit einem Lappen wische ich die besudelten Einbände ab und murmele gleichzeitig Entschuldigungen, versuche mein Verhalten damit zu rechtfertigen, dass ich gerade eine harte Zeit durchmache, und hoffe, dass man mir nicht böse ist.

Auf Knien rutsche ich zwischen meinen Büchern hin und her, sortiere sie nach Gattung, Autor und Größe und stelle sie dann feierlich zurück ins Bücherregal im Flur, wo noch ein bisschen Platz ist.

3

Anstatt hilflose Bücher zu quälen, die keinem etwas zuleide getan haben, sollte ich lieber ein paar Kilo abnehmen.

Zehnmal, ach was sage ich, tausendmal habe ich schon versucht, eine Diät zu machen. Keinen Alkohol mehr, keinen Zucker und kein Fett, und vor allem nichts, was mit P anfängt: keine Pizza, keine Pasta, keine Pfannkuchen und keine Polenta. Nur, was bleibt da noch? Dann muss ich eben mit Sandwiches vorlieb nehmen, denn wenigstens die fangen mit S an.

Und kaum beginne ich, erfreuliche Resultate zu erzielen, zack! lädt man mich zum Essen ein!

Erlesene Weine und Mahlzeiten mit extrem hohem Kaloriengehalt.

Ich kann nicht nein sagen, deshalb werde ich dick.

Anfangs halte ich noch immer meine Hand über meinen Teller und demonstriere so meine kategorische Weigerung. Man lässt nicht locker. Ich flehe inständig. Man ist höchst amüsiert und droht, mir das Essen auf dem Handrücken zu servieren, wenn ich die Hand nicht wegziehe. Meine Proteste überzeugen niemanden.

Ich nippe an meinem weißen Bordeaux und kaue zaghaft an einem Löffelchen Gänseleberpastete. Und immer wieder füllt man mein Glas nach, das wie durch Geisterhand geleert zu werden scheint. Ganze Wagenladungen fetttriefender Köstlichkeiten lädt man auf meinen Teller.

Und ich esse brav alles auf. Meine Gastgeber finden, dass ich schon viel besser aussehe als bei meinem Eintreffen, und sind entzückt über meinen großen Appetit, der eindeutig von meinem guten Gesundheitszustand zeugt.

Wein ist immer noch das beste Mittel, um das Bewusstsein zu verlieren. Neues Blut fließt durch meine Adern und es schmeckt nach Weintrauben.

Der Tod erscheint auf einmal wie ein Phantasiegespinst, das ungefähr so glaubhaft ist wie Dracula oder das Monster von Frankenstein. Wahrscheinlich bedarf es eines einfältigen Gemüts, um den Tod ernst zu nehmen. Die Ewigkeit, deren Geschmack ich mit verbundenen Augen erkennen würde, wird zum nebensächlichen Detail, ist unwichtiger als der Jahrgang auf der Flasche Saint-Estèphe. Ich nehme mir noch von der köstlichen Kartoffelbeilage und später zum Käse ein wenig Nussbrot. Ich sage ja zum Dessert, ja zum Armagnac, und in meiner Begeisterung nehme ich zum Abschied auch noch ein paar Bücher mit, die man mir unbedingt schenken möchte. *Europäische Filmemacher in Hollywood, Zeitgenössisches Design von X bis Y, Mit dem Fahrrad durch China.*

Ich muss unbedingt wieder lernen, nein zu sagen, so wie Kinder das so schön können, bevor sie in die Schule kommen. Bevor die Gesellschaft sie zu Ja-Sagern umfunktioniert, die alles bereitwillig akzeptieren, wozu man sie heranzieht.

Ja, das «Sesam, öffne dich» zur Knechtschaft.

Ja, der Türöffner für Bakterien und Kalorien.

Ja, die freiwillige Selbstaufgabe, die Resignation.

Nein – Widerstand.

Ich beginne sogleich mit dem Training und bete eine endlose Litanei von «Neins» herunter; manche sind verhalten und schüchtern, andere durchdringend und schroff – von jedem etwas – und ich setze dabei eine unbeugsame und wilde Miene auf.

Doch langsam, aber sicher bahnt sich eine alberne Feststellung ihren Weg in mein aufrührerisches Bewusstsein. Zunächst noch ganz leise, bis sie immer lauter wird und bald allen Raum einnimmt, der meinen geistigen Aktivitäten zur Verfügung steht:

«Ich glaub, ich muss aufs Klo.»

Unbeirrt sage ich nein und schenke diesem allzu offensichtlichen Korruptionsversuch keine Beachtung.

Aber ich bin auch nur ein Mensch.

Wäre ich ein Held, würde ich bestimmt nicht wie ein geölter Blitz zum Klo rennen, unter Verlust jeglicher Selbstachtung und mit Bitterkeit im Herzen.

Aber es tut so gut!

Gibt es ein größeres Glück als die Befriedigung der elementarsten Bedürfnisse? Man gönnt sich ja sonst nichts.

Beim Pinkeln mache ich die Augen zu, um den kristallklaren Klang besser genießen zu können, den meine natürliche Wasserquelle beim Benetzen der Kloschüssel produziert. Der Klang des Wasserstrahls ruft in mir das Bild eines Wildbachs hervor, eines Wasserfalls. Ich stehe im Wald und pinkele an einen Baum, das trockene Laub knistert unter meinen Füßen. Ein aufgeschrecktes Eichhörnchen klettert die Wasserrohre entlang, die im Wind heulen. Ein Duft von Pilzen und faulendem Laub liegt in der feuchten Luft.

Zwangsläufig dringt in diese Naturbilder auch die Vorstellung von grauenvollen kleinen Tieren, die unter jedem Stein, hinter jedem Stückchen Baumrinde lauern. Insektenkolonien und Madenströme bedrohen mich mit ihrem krabbelnden Angriff.

Mit angehaltenem Atem untersuche ich die Umschläge und Briefe, die den Fußboden bedecken, kontrolliere die Fußleisten und überprüfe die Regale, die mit Büchern und Postkarten voll gestopft sind.

Hat da nicht gerade eins dieser widerlichen Viecher das Souvenir aus Palm Beach zum Wackeln gebracht?

Der braune Fleck da an der Wand, der war doch gerade noch woanders! Ist das wirklich nur ein Fleck oder ein Kakerlak?

Nein, keine verdächtige Bewegung zu sehen. Erst mache ich das eine Auge zu, dann das andere.

Das war's also! Die scheinbare Bewegung, die mir solche Angst einjagte, rührte von einem Wechsel des Gesichtsfeldes von einem Auge auf das andere her.

Mit dem einen sehe ich gut, mit dem anderen verschwommen.

Ich schütte eine Flasche blaues Desinfektionsmittel ins Klo und reibe Wände und Boden mit einem hochgiftigen Insektenvernichtungsmittel ab, das mir der Verkäufer aus der Drogerie unten im Haus empfohlen hat, und rase daraufhin ins Badezimmer, weil ich mich von oben bis unten mit dem Zeug besudelt habe und befürchte, mit den beschmierten Fingern an die Augen zu kommen.

Erst dusche ich mich eine Ewigkeit lang, und dann lasse ich mir ein Bad ein.

Wenn die Wasserhähne weinen, singen die Rohre.

Die Wasserhähne müssen exakt eingestellt werden, damit man nicht bei lebendigem Leibe gekocht wird.

Das Badezimmer sieht aus, als wäre eine Bombe eingeschlagen, und bei seinem Anblick werde ich ganz schwermütig.

Auch hier war der Zahn der Zeit am Werke und macht sich durch Schimmelflecken, Löcher in den Wänden, die von herausgerissenen Reißnägeln stammen, sowie kaputte Handtuchhalter bemerkbar.

Von der Badewanne, die auf Löwentatzen steht, blättert das Email wie Schmelz von einem faulen Zahn und unterhalb des Kaltwasserhahns ist sie schon ganz grün.

Das Bild eines deutschen Romantikers, das zwei Verliebte zeigt, die sich eng umschlungen ins Nichts stürzen, hängt in Fetzen neben dem Boiler.

Eine kleine Welt, die ihre Blütezeit längst hinter sich hat und im Begriff ist, sich aufzulösen.

Hier gibt es nichts Praktisches.

Aber praktische Badezimmer machen mich genauso schwermütig. Die rechten Winkel und perfekten Bögen, das blendende Weiß und der metallene Glanz der Chrom-Accessoires erinnern eher an ein Krankenhaus oder eine Leichenhalle. Die blitzende Sauberkeit, die Effizienz der Geräte und die Dauerhaftigkeit der polierten Oberflächen sollen doch bloß von der Vergänglichkeit des menschlichen Körpers ablenken. Stattdessen gemahnen sie mich erst recht an den Tod, falls der unwahrscheinliche Fall eintreten sollte, dass ich aus Zerstreutheit einmal aufgehört haben sollte, an ihn zu denken.

Und doch – so abstoßend dieser Raum auch sein mag –, einst durchflutete ihn die strahlende Anwesenheit einer nackten jungen Frau.

Es hat tatsächlich ein menschliches Wesen gegeben, das meine ewig schlecht gelaunte Gegenwart ertragen konnte. Es war anmutig und heiter, saß in der Badewanne und machte Witze oder hielt abwechselnd frivole und ernsthafte Reden, während ich auf dem Bidet saß oder ausgestreckt im Zimmer lag und ihm zuhörte.

Ich hoffte, dass diese Frau länger bleiben würde als die anderen; sie wirkte auch schon richtig sesshaft, hat aber letztlich keine drei Jahre durchgehalten!

Fasziniert verfolgte ich ihren fortschreitenden Loslösungsprozess, ohne ihm Widerstand entgegensetzen zu können.

Zuerst eine kleine Reise, dann eine längere; Projekte, von denen ich – je konkreter sie wurden – immer stärker ausgeschlossen war. Fremde kamen und gingen, die Stirn in sorgenvolle Falten gelegt ob der schweren Verantwortung, die auf ihnen lastete; endlose Telefongespräche. Und dann nahm sie sich irgendwo anders ein Zimmer, weil sie ihre Identität nicht aufgeben wollte, natürlich.

Ein paar Auseinandersetzungen, ein paar Briefe, alles ohne Bosheit.

Und Nachsendeanträge.

So ging mein Badezimmer vor die Hunde!

Um sie zu ärgern, habe ich ihr einmal die Geschichte von dem Mann erzählt, der jedes Mal, wenn er mit seiner Frau schläft, in ein Paralleluniversum eindringt, wo eine andere Realität herrscht. In dem Augenblick, in dem sich sein Penis Einlass in die Vagina verschafft, übertritt dieser Mann die Schwelle in eine andere Welt, wird er in eine schmutzige Kneipe im Londoner Hafenviertel versetzt, gegen Ende der Regierungszeit der Königin Viktoria. Bei jeder physischen Vereinigung mit seiner Frau erlebt er eine neue Episode des Fortsetzungsromans und trifft immer wieder dieselben malerischen Gestalten an, die jenen anrüchigen Ort bevölkern. Da sind Matrosen, Schieber und Diebe und allen voran Molly, eine schwindsüchtige Prostituierte, zu der er in wahrer Liebe entbrennt.

Leider bereitet der Orgasmus dem Zauber jedes Mal ein jähes Ende, und der romantische Held wird aus der Romanwelt – in die er dank seiner Gemahlin gelangt ist – verstoßen, um sich in der harten Realität des Ehelebens wieder zu finden.

Um Molly erneut zu sehen, deren Reinheit über jede fleischliche Lust erhaben ist, muss er – sosehr es ihn auch im Innersten zerreißt – regelmäßigen ehelichen Beischlaf pflegen.

Doch die Begegnungen mit Molly werden immer seltener,

denn das Liebesleben des Ehepaares leidet unter ihrer heimlichen Gegenwart. Sosehr sich der Unglückliche auch bemüht, die Erektion bleibt aus, und er muss auf diverse Aphrodisiaka zurückgreifen. Und trotz seiner Versuche, die bedauernswerte Molly mithilfe von Antibiotika gesund zu pflegen, die er unter der Bettdecke versteckt, verschlimmert sich ihr Gesundheitszustand drastisch, bis sie schließlich auf einem Kai am Ufer der Themse in seinen Armen ihren letzten Atemzug tut.

– Schatz, oh, Schatz!, hört er seine Frau entzückt frohlocken, als er das Bewusstsein wiedererlangt. Du warst herrlich! Noch nie hast du mich so glücklich gemacht!

Langsam wird ihm klar, dass er gerade die Liebe seines Lebens verloren hat, und er bemüht sich, sein Schluchzen in den Kissen zu ersticken.

Meine Regale sind genauso trostlos wie er. Verschwunden sind die Parfumfläschchen, das Eau de Toilette, die Reinigungsmilch und die Feuchtigkeitscreme, der Nagellack samt -entferner, die Haarnadeln, die Enthaarungscreme und die Tampons.

In dieser Öde gedeihen lediglich ein paar After-Shave-Proben, die ich in der Parfümerie bekommen habe, wo ich immer meinen Rasierschaum kaufe. Ein Kamm, zwei Einweg-Rasierklingen, und das war's.

Mein Ebenbild, das mich aus dem Spiegel über dem Waschbecken anblickt, lässt mich jegliche Hoffnung aufgeben, in allernächster Zukunft eine neue Mitbewohnerin zu gewinnen.

Gleich und Gleich gesellt sich gern, heißt es doch.

Wenn ich mir vorstelle, wie die Physiognomie des zarten Geschöpfes beschaffen sein müsste, auf das ich laut dieser Weisheit Anspruch hätte, läuft es mir kalt den Rücken hinunter.

Eine rundliche Dame reiferen Alters, behaart, auf eine leutselige Weise nervenschwach und von einer deprimierenden

Nachlässigkeit, die mit sich selbst redet und dabei Grimassen schneidet, mit blauem Desinfektionsmittel auf Armen und Schenkeln, eingehüllt in eine Duftwolke von Insektenvernichtungsmittel.

Hoffentlich ist wenigstens ihr Barthaar etwas schwächer entwickelt!

Ich habe den Eindruck, dass sich meine Körperlandschaft im Laufe der letzten drei Jahre extrem zu ihrem Nachteil verändert hat. Ich will nicht behaupten, dass ich vor drei Jahren so viel schöner oder lebendiger oder fröhlicher gewesen wäre, aber – na ja – ich war eben drei Jahre jünger!

Und ich hatte so viel mehr zum Anziehen!

Während langsam mein Badewasser einläuft, bürste ich die kärglichen Überreste meiner Haarpracht und rasiere mich, wobei ich mit dem Gesicht anfange und dann wie ein verrückter Gärtner, den die Schneidewut gepackt hat, sowohl meine Achselhöhlen als auch Brust und Bauch einer Rasur unterziehe. Auf diese Weise erhöhe ich meine Chancen auf eine weitgehend unbehaarte neue Gefährtin.

Gut, dass wenigstens meine Fußsohlen, Handflächen, Ellbogen und Knie keinen Haarwuchs aufweisen.

Wie furchtbar, wenn auf einmal ein langes weißes Haar aus meinem Mund herausgucken würde. Ich ziehe, aber es rührt sich nicht. Es ist so robust wie ein Pferdehaar. Ich gehe ganz nah an den Spiegel, ziehe meine Lippen auseinander und stelle fest, dass es auf dem Schneidezahn wächst. Ich halte es ganz fest und reiße es mit einem kräftigen Ruck aus. Eine Welle von Schmerz überflutet mich, so als sei das kein bloßes Haar, sondern ein Nerv, der direkt mit meinem Herzen verbunden war.

Noch ein mögliches Szenario:

Ich denke, ich habe eine Wimper im Auge, kriege sie mit Daumen und Zeigefinger zu fassen und will sie rausziehen …

ich ziehe ... und ziehe ... und auf einmal kommt das ganze Auge aus der Höhle; es springt heraus wie ein frisch gelegtes Ei aus dem Hinterteil einer Henne und hängt am andern Ende des Haares, das ich noch in meiner verkrampften Hand halte. Dabei baumelt es hin und her wie ein Pendel.

Aber obwohl mein Auge meinen Körper verlassen hat, wurde der Sehnerv nicht beschädigt; daher versorgt es mich nach wie vor mit optischen Informationen. Doch von den tanzenden Bildern, die mir das baumelnde Auge vermittelt, wird mir schwindelig ...

Was für ein Glück, dass ich mir nicht jeden Tag die inneren Organe oder die Knochen rasieren muss.

Mist, das Telefon klingelt!

Ich rühre mich nicht.

Angesichts des Aufmerksamkeit fordernden Klingelzeichens verwandelt sich mein Arm in widerspenstiges Eisen: Ich bin entschlossen, nicht ranzugehen.

Achtmal hat es schon geklingelt. Die Pausen zwischen dem Klingeln dauern jeweils drei Sekunden, das Klingeln selbst dauert vier. Während ich innerlich die Sekunden zähle, stelle ich mir vor, welche Katastrophen hinter dem Klingeln auf mich lauern, und bedenke den anonymen Anrufer gleichzeitig mit den übelsten Beschimpfungen.

Das zwölfte Klingeln; gleich legt er bestimmt auf!

Meine Freunde lassen es höchstens fünfmal klingeln; alle anderen verdienen die Bezeichnung Freund nicht.

Beim fünfzehnten Klingeln gehe ich dran und bölke «Holla!» statt «Hallo!» in den Hörer, um den Menschen am anderen Ende der Leitung aus dem Konzept zu bringen.

Mein Gesprächspartner ist ein Student aus Bordeaux, der rein zufällig meine Telefonnummer über Minitel erfahren hat und sich vergewissern will, ob ich tatsächlich der bin, dessen Zeichnungen er vor einer Weile in einer Zeitschrift gesehen hat. Ich sage ja. Und weiter? Nichts weiter. Er ruft mich bloß an, um die Zeit totzuschlagen. Sein Pharmaziestudium, in dessen zweitem Jahr er gerade ist, langweilt ihn zu Tode, und er würde viel lieber etwas Kreatives machen, aber er hat gehört, dass es nicht einfach sei, im künstlerischen Bereich seinen Lebensunterhalt zu verdienen. Er würde gerne meine Meinung dazu hören. Er strotzt nur so vor originellen Ideen, die er gerne ausarbeiten würde. Im Gymnasium hat er für seine Zeichnungen immer den ersten Preis bekommen. Ob ich wohl ein paar wertvolle Karriere-Tipps für ihn hätte?

Ich stand schon kurz davor, ihn zum Teufel zu jagen, als er zu reden anfing, aber stattdessen gestehe ich meine persönliche Niederlage ein und beichte ihm den kläglichen Zustand, in dem ich mich im Moment befinde. Dann erwähne ich noch, dass ich seit kurzem brachliege. Das offene und aufrichtige Gespräch mit diesem unbekannten jungen Mann rührt mich. Meine Stimme zittert unmerklich.

Überrascht ob des Mangels an Humor, den meine verdrossenen Reden erkennen lassen, rät er mir, mich darauf zu besinnen, dass ich schließlich nicht der Mittelpunkt der Welt sei. Ich solle einmal anfangen, über meine eigene Nasenspitze hinauszublicken, solle Anteil nehmen an den Dramen, die sich außerhalb meiner vier Wände abspielen, solle etwas mehr Solidarität mit meinen Mitmenschen an den Tag legen. Im Laufe des Gesprächs verändert sich nach und nach sein Tonfall. Seine Stimme nimmt eine zunehmend ironische Färbung an, die schließlich in unverhohlener Verachtung gipfelt.

Machen wir uns nichts vor: er ist enttäuscht.

Er zählt mir noch einige meiner Kollegen auf, lebende und tote, an denen ich mir ein Beispiel nehmen soll. Sein Entschluss steht fest: Er wird die Pharmazie aufgeben und die Kunst bei den Hörnern packen. Er wird eine neue Art von Bildern kreieren und seine Werke im Internet ausstellen.

Was mich betrifft, so weiß er von jetzt an genau, was er von mir zu halten hat: nichts als heiße Luft. Möglich, dass ich einst Talent besaß, aber das ist mir in dem Moment abhanden gekommen, als ich anfing, mich selbst ernst zu nehmen.

Heute werde ich hoffnungslos überschätzt.

Und wenn er Recht hätte?

Während ich lustlos im Wasser plansche, lasse ich meinen bisherigen Lebensweg kritisch Revue passieren und halte mir meine spärlichen Zukunftsaussichten objektiv vor Augen.

Bei null angefangen, nichts Nennenswertes erreicht, um dann wieder am Ausgangspunkt anzukommen.

Ich liebe das Zeichnen viel zu sehr, als dass ich mich hinsichtlich der Qualität meiner eigenen Werke irgendwelchen Illusionen hingeben würde. Ich bin weder besonders begabt noch über die Maßen traurig darüber, denn gerade die Schwierigkeiten, die das Schaffen eines Bildes mir bereitet, die Kluft zwischen ihm und dem, was ich zu erreichen hoffte, machen es erst zu *meinem* Werk, selbst wenn das Ergebnis eher enttäuschend ausfällt. Mein Wille hat sich an der Illusion entzündet, etwas darstellen zu können, doch das Papier belehrt mich jedes Mal eines Besseren. Die Lust am Zeichnen ging mit mir durch, aber mein Scheitern musste ich selbst verantworten.

Natürlich kann ich mich hinsichtlich der Qualität meiner Werke und der Frage, wie gut oder schlecht sie wirklich sind, täuschen. Aber das spielt letztlich keine Rolle.

Es kommt vielmehr darauf an, welche Spuren der Kampf hinterlässt, den ich mir auf dem Schlachtfeld des Zeichenpapiers mit meinen Gegnern liefere, die mir übrigens stets überlegen sind. Wobei es sich wohlgemerkt nicht um andere, begabtere Künstler und Meister ihres Fachs handelt, sondern um meine eigene Ungeschicklichkeit und Unfähigkeit, die mich daran hindern, etwas anderes zu tun als das, was ich tue. Jedenfalls bin ich so meinen eigenen Gesetzen unterworfen und muss mich keinem fremden Richter beugen.

Die noble Disziplin der Freiheit ist mein Hobby.

Ich hätte so gerne alle Gesichter und Orte, die mir im Laufe meines kurzen irdischen Ausflugs begegnet sind, in Form von Steno-Zeichnungen festgehalten. Aber wozu überhaupt? Das Zeichenstenogramm wurde praktischerweise längst vom Fotoapparat, der Videokamera und dem Kino abgelöst. Außerdem ist mein vorderstes Ziel niemals gewesen, die Welt so darzustellen, wie sie ist. Ich wollte sie in meiner Vorstellung verändern, ihre dreckige Visage ignorieren und ihr ein ganz spezielles Ehrendenkmal verpassen, aus reiner Rache.

Die Wirklichkeit behandelt mich nicht besser als meine Artgenossen, also warum sollte ich sie schöner machen, als sie ist? Stattdessen revanchiere ich mich, indem ich meinerseits auf den Grabesseiten von Kunstbänden erscheine, die als Weihnachtsgeschenke verpackt sind.

Auf der anderen Seite könnte es ja nicht schaden, wenn es mir gelänge, meine Existenz etwas angenehmer zu gestalten, mich ein paar Stunden lang von der Agonie des Lebens zu erholen.

Allerdings bestand stets die Gefahr, dass – solange ich zeichnen musste, um zu leben – sich irgendwann Überdruss einstellen würde.

Um mir meine Freude am Zeichnen zu bewahren, fing ich an zu schreiben.

Und ebenso, um mir durch das Spiel mit Worten einen Freiraum zu schaffen, wo es weder Gott noch Tod gibt, wo sowohl Moral als auch Schwerkraft aufgehoben sind.

Eine Art Spiel außer Konkurrenz, jenseits der Naturgesetze.

Das Talent, das ich einst besaß oder noch besitze oder das man mir zuerkennt, bedeutet für mich nicht mehr oder weniger, als die Verlängerung der Aufenthaltsgenehmigung meinen ausländischen Freunden bedeutet: eine bloße Formalität, die keinen anderen Zweck hat, als die vertriebenen Menschen zu schikanieren.

Aber solche Probleme brauchen mich eigentlich nicht mehr zu beschäftigen.

Schließlich liege ich ja brach und habe mit dem Ganzen nichts mehr zu tun.

Am anderen Ende der Badewanne versuchen meine Füße, meine Aufmerksamkeit auf sich zu ziehen. Ich strecke ihnen meine Arme entgegen. Sie lassen sich nicht lange bitten und kommen näher, um mir zum Zeichen ihrer Solidarität einen Kuss auf beide Wangen zu geben.

Da geht es mir schon wieder viel besser.

Zum Teufel mit dem Pharmaziestudenten!

Das Talent selbst hat weitaus weniger künstlerische Bedeutung als die Auswahl des Publikums, an das man seine Kunst richtet.

Und solange meine Füße mir treu bleiben, kann ich mich so weit zum Abgrund vorwagen, wie ich will.

4

Pessimisten kann ich einfach nicht ernst nehmen.

Mit Grabesstimme führen sie einem den Mechanismus des Schlimmstmöglichen vor, und während sie alles daransetzen, einen völlig zu demoralisieren, leuchtet in ihren Augen – ganz klein und unscheinbar – unbeirrt ein böser kleiner Hoffnungsschimmer.

Von den Nasenflügeln ziehen sich bittere zwei Falten über ihr Gesicht, der Mund ist zu einem Halbmond geformt, dessen Spitzen nach unten zeigen, und die Stirn runzelt sich wie ein Stück Wellblech, während sie ihrer Rede durch schwere Seufzer Nachdruck verleihen, die so klingen wie ein schwer beladener LKW beim Bremsen.

Die verpestete Luft, die sie einatmen, berauscht sie; sie fühlen sich wohl in ihrer Kleidung und in ihren Schuhen. Schon im Voraus lecken sie sich die Finger nach den köstlichen Mahlzeiten, die sie zu Hause oder im Restaurant erwarten, und freuen sich wie ein Kind auf den Gehaltsscheck am Ende der Woche. Wenn sie kein Zuhause haben – umso besser – dann brauchen sie am Ende des Monats noch nicht einmal Miete zu zahlen oder sich um die Reparatur der Klospülung zu kümmern. Dann wohnen sie bei Freunden oder im Hotel oder bei Verwandten und leben wie die Made im Speck.

Krankheiten? Armut? Tod? Soll es geben, aber nur bei anderen.

Auch wenn die Zeit vergeht und das Alter kommt: Sie finden auch hier einen Weg, um das Beste für sich herauszuschlagen.

Eine geradezu Ekel erregende Lebensfreude strömt ihnen aus allen Poren.

Sie furzen das Glück, die Seelenruhe und die Wollust nur so raus.

Pessimisten?

Das sind doch Optimisten, die sich verkleidet haben!

Sie leugnen die Existenz von Konditoreien, um sich mit Kuchen voll stopfen zu können. Sie unterhalten sich über die Vorzüge des Selbstmordes, weil sie eine Wohnung suchen. Sie prangern die Entertainment-Gesellschaft an, weil sie an einer musealen Gesellschaft arbeiten.

Einer Gesellschaft, in der der Schein selbst zum Fossil erstarrt und seinen Wert in der Versteinerung findet.

Die falschen Pessimisten sind immer voll auf der Höhe, denn ihre verdrossenen Mienen zeugen von der qualvollen Einsicht der Weisheit.

Als eifrige Vorhut bahnen sie den Optimisten den Weg und bilden deren Stoßtrupp.

Ich dagegen bin viel zu desillusioniert, als dass ich mich einer der beiden Gruppen anschließen könnte; ich brauche bloß den Kühlschrank aufzumachen, da blickt mir schon das Nichts entgegen, das mich früher oder später einholen wird. Der Inhalt eines Kühlschranks ist ein kristallklarer Spiegel der Seele. Genauso wie der Spiegel der bösen Königin in «Schneewittchen» hält auch dieser Spiegel mit nichts hinterm Berg.

In dem jammervollen Anblick, der sich mir bietet, kann ich mich genau wieder erkennen.

Er stellt ein wesentlich getreueres Abbild meiner selbst dar als die meisten Farbfotos, auf denen ich albern herumblödele.

Das alte Stück Camembert erinnert mich z. B. an meine Kindheit in den Bergen, und der einsame Joghurtbecher mit dem fast prähistorischen Verfallsdatum, der sich inzwischen kaum mehr zum Verzehr eignet, müsste in etwa die gleiche Konsistenz haben wie mein Erinnerungsvermögen.

Das Stückchen ranzige Butter symbolisiert sicherlich meine bedenkliche finanzielle Situation, und die beiden verkümmerten Salzgurken, die in ihrer Lake vor sich hin schimmeln, sind eindeutig ein Teil von mir, auch wenn ich mich scheue, die Organe, für die sie stehen , genau zu benennen. Dann wäre da noch eine halb volle Flasche Weißwein ohne Korken, dessen Aroma nicht viel ungenießbarer sein dürfte als die bittere Galle meiner derzeitigen Laune. Eine Flasche Riesling *Ostertag-Spätlese* kann man zum Glück noch trinken. Ihr Anblick spendet mir mehr Trost als ein Gebet.

Nicht, dass ich etwas gegen das Beten hätte.

Beten ist eine nette, durchaus empfehlenswerte Tätigkeit, die einem erlaubt, die Hände in den Schoß zu legen, ohne ein schlechtes Gewissen zu bekommen. In diesem Sinne ist auch der geistreiche Ausspruch des Schreibers Bartleby zu verstehen, wenn er sagt: «Ich würde vorziehen, es nicht zu tun.»

Ein Einschreiten auf allerhöchster Ebene: Nichtstun.

Vor zwei Tagen bekam ich einen Telefonanruf, in dem ich aufgefordert wurde, an einer gemeinnützigen Aktion mit folgendem Wahlspruch teilzunehmen: «Drogenabhängige und Zollbeamte bezwingen den Mount Everest.»

Einer der Organisatoren, ein sehr warmherziger Mensch, erklärt mir das Konzept des Projekts: Man will eine Hand voll Drogenabhängiger und Zollbeamte zum Skifahren ins Hochgebirge schicken. Dort können sie frische Luft atmen und sich durch körperliche Ertüchtigung stärken. Und vielleicht lernen sie sogar, wenn auch nicht sich freundschaftlich in die Arme zu fallen, so doch zumindest, die Probleme des jeweils anderen besser zu verstehen.

Lobenswerte Initiative, meine ich billigend, aber was habe ich damit zu tun? Der Zollbeamteninnung habe ich noch nie besondere Sympathie entgegengebracht; und was die Drogenabhängigen betrifft, so scheinen mir in achttausend Meter Höhe weit mehr Gefahren für sie zu lauern als im Flachland.

– Sind Sie wirklich sicher, dass das eine gute Idee ist? Meiner Meinung nach wäre das der beste Weg, um sie loszuwerden.

– Aber man muss doch etwas für sie tun, antwortet der Mann am anderen Ende der Leitung.

Da habe ich plötzlich eine Eingebung.

– Aber ich tue ja schon etwas für sie.

– Ach ja? Was denn?

Er scheint enttäuscht.

– Ich bete für sie, sage ich in heiterem Tonfall.

Ich rechne damit, dass er jetzt entweder einen Lach- oder einen Wutanfall bekommt, mich wüst beschimpft ob meines niederträchtigen Egoismus'.

Aber nein, er ist völlig verblüfft:

– Sie beten?

Ich bejahe. Er bete in letzter Zeit auch sehr viel, was für ein Zufall! Wir tauschen unsere Gebetstechniken aus, als wären wir alte Bergsteiger-Hasen, die einander Geheimtipps geben, wo es die besten Eispickel zu kaufen gibt.

– Meine Technik ist ganz banal: Ich strecke mich auf dem Bett aus, schließe die Augen und fange an zu beten.

– Phänomenal! ruft er in religiöser Inbrunst aus. Würden Sie uns etwas zum Thema «Gebet» zeichnen?

Ich laufe in der Küche auf und ab und warte darauf, dass das Teewasser kocht. Dabei räume ich ein bisschen auf. Die letzten Reste der geborstenen Mülltüte habe ich entfernt und wende mich nun den überladenen Küchenregalen zu.

Drei Flaschen mit einem Rest Öl. Preisfrage: Welche ist die frischeste? Ganz einfach: Die Flasche aus dem italienischen Spezialitätengeschäft neben dem Zeitungsverkäufer, denn das hat erst vor knapp einem Monat eröffnet.

Hektisch schüttele ich eine Schachtel Nudeln ohne Nudeln und schmeiße einen ungeöffneten Briefumschlag weg, der unter einem Glas mit verschimmelter Marmelade klebte.

Der Spülstein quillt über vor schmutzigem Geschirr. Ich wage einen Vorstoß mit Glasreiniger, da das für diesen Zweck gedachte Mittel ausgegangen ist. Das Wasser kocht, ich mache meinen Tee, und während er zieht, wühle ich in der nagelneuen Mülltüte nach dem Umschlag, den ich eben weggeworfen habe.

Er enthält den Brief eines Schauspielers und beigelegte Fotos und ist fast drei Jahre alt, also aus der Zeit, als man mich einmal mit der Regie eines Theaterstücks betraut hatte. Damals bekam ich jeden Tag ungefähr fünf solcher Briefe. Diese Briefe von jungen Leuten, die sich anheischig machten, dem Theater zu dienen, als handele es sich um eine heilige Mission oder einen religiösen Führer, machten mir Angst und haben schließlich meinen Glauben an die Menschheit erschüttert.

Irgendwann wurden sie richtig lästig.

Es kommt nicht alle Tage vor, dass völlig Unbekannte beiderlei Geschlechts in der Hoffnung auf einen Job an mich herantreten und mich dabei ihrer uneingeschränkten Bewunderung für mein herausragendes Talent versichern und versprechen, mir alle meine Wünsche zu erfüllen.

Personenkult verabscheue ich ebenso wie religiöse Führer.

Letztlich gehen Bewunderer und Bewunderte einander auf den Leim und entwürdigen sich dabei.

Wo kämen wir da hin, wenn auf einmal die Farben auf der Palette anfangen würden, um die Gunst des Malers zu buhlen?

Wenn das Blau flehen würde:

– Ihre Stillleben sind unübertrefflich, bitte, nehmen Sie mich!

– Aber ich kann Sie im Moment nicht brauchen, antwortet der Künstler, ich male gerade Sonnenblumen!

– Gibt es denn kein Blau in Sonnenblumen?

– Weniger als unter dem Schwanz eines Pferdes.

– Warum malen Sie keine Kornblumen? Kornblumen sind doch auch sehr hübsch!

– Ich habe jetzt fünf Jahre ausschließlich der Darstellung von Kornblumensträußen gewidmet und kann sie nicht mehr sehen.

– Verständlich. Aber Sie brauchen eine Vase für Ihre Sonnenblumen, und die könnte doch blau sein.

– Nein, die Sonnenblumen befinden sich in einer Amphore.

– Ist in Amphoren kein Blau?

– In meiner nicht.

– Und was ist mit dem Hintergrund? Sie brauchen unbedingt einen schönen blauen Himmel als Hintergrund. Das würde bezaubernd aussehen!

– Meine Sonnenblumen stehen vor einem roten Hintergrund.

– Aber warum? Haben Sie etwas gegen mich? Wissen Sie eigentlich, wie schwer es ist, heutzutage Arbeit zu bekommen?

– Ich bin untröstlich.

– Klar, Ihnen ist das scheißegal ... Aber vielleicht hätten Sie ja in Ihrem nächsten Bild Verwendung für mich?

– Wohl kaum, ich plane eine Serie monochromer Gemälde in Gelb.

– Natürlich! Gelb wird immer wieder gefragt! Was finden sie eigentlich alle an diesem Gelb? Picasso und Yves Klein z. B. haben massenweise Blau verarbeitet. Und das waren Genies!

– Hören Sie, falls ich jemals wieder Verwendung für Blau haben sollte, komme ich auf Sie zurück.

Oder stellen Sie sich vor, die Buchstaben des Alphabets würden sich verzweifelt auf der Schreibmaschinentastatur winden:

– Ich bin ein C, hätten Sie nicht Lust, mich einzusetzen? Ein schönes C im Vollbesitz seiner Kräfte! Sie wären erstaunt, was ich z. B. in einem Wort wie «können» für Wunder bewirken könnte.

– Danke, würde das Z da sagen, danke, dass Sie an mich gedacht und ein z. B. eingefügt haben. Das hätte nicht jeder getan.

– Wenn Sie mich nähmen, hieße es «cönnen», und das ist doch wesentlich eleganter.

– Ja, aber das wäre orthographisch nicht korrekt.

– Bei den vielen Fehlern, die Sie machen, würde das überhaupt nicht auffallen.

– Ach, ich mache also viele Fehler?

– Ja, das reinste Chaos.

Und erst die Wörter.

Nehmen wir z. B. das Wort «Büchse».

Das Wort «Büchse» wird in seiner ursprünglichen Bedeutung heutzutage kaum noch benutzt.

Es wird nicht mehr gebraucht. Und doch muss das Wort «Büchse» einfach überleben. Welcher unparteiische Zeuge könnte guten Gewissens behaupten, dass das Wort «Büchse» austauschbar wäre?

Ist etwa «Etui» besser als «Büchse»?

Und «Etui» hört man überall. Das ist doch eine Ungerechtigkeit ohnegleichen, der schnellstens Abhilfe geschaffen werden muss.

Und trotzdem würde selbst ein Mensch mit den allerbesten Absichten davor zurückschrecken, «Zigarettenbüchse» oder «Brillenbüchse» zu schreiben oder auch nur zu sagen.

Ich jedenfalls gehöre weder der Organisation zur Bewahrung der Farben noch jener der Wörter an. Und schon gar nicht der der Schauspieler.

Und dieser hier eröffnet mir die ganze Tragik seiner Theaterlaufbahn.

Er kennt kein Lampenfieber. Und das ist sein Problem.

Die meisten großen Schauspieler geben geradezu damit an, was für schlimmes Lampenfieber sie jedes Mal bekommen, bevor sie die Bühne betreten. Offenbar handelt es sich hier um eine Art Gütesiegel, das die Qualität der schauspielerischen Leistung unter Beweis stellen soll. Und deshalb täuscht mein Briefeschreiber, der ja das Pech hat, keines zu haben, das Lampenfieber nur vor, und zwar mit einer solchen Perfektion, dass er die anderen ebenso täuscht wie sich selbst. Er kann nicht mehr unterscheiden, ob es daran liegt, dass das normale Lampenfieber der anderen mittlerweile auf ihn abgefärbt hat, oder ob sein gespieltes Lampenfieber – durch seine schauspielerische Leistung auf eine höhere Ebene gehoben – nicht viel wahrhaftiger ist als die Wirklichkeit selbst. Ich sehe mir das Foto an.

Ein Steinzeitmensch mit Schweinsäuglein, wild entschlossenem Kinn mit Narbe und einer schiefen, gebrochenen Nase. Also eine richtige Visage, wie es im Fachjargon so schön heißt.

Zack! Und schon landest du wieder im Papierkorb!

Eigentlich finde ich Schauspieler ja toll.

Sie sehen aus wie Mörder, Bankiers, Geistliche, Nutten, Bullen, Einfaltspinsel oder wie ein verrückter Professor, und doch gelingt es ihnen, sich der Bestimmung zu entziehen, die ihnen ihre Gesichter im wahren Leben beschert hätten.

Sie haben ihr Schicksal Schicksal sein lassen und begnügen sich damit, seine Erfüllung auf der Bühne zu simulieren, wobei sie zum Teil einen geradezu rührenden Eifer an den Tag legen.

Man muss Nachsicht üben mit Schauspielern, denn wenn man ihnen Fehler vorhält, meint man meistens jemand ganz anderen. Selbst wenn man den Schauspieler in flagranti erwischt, hat der Angeklagte ein Recht auf Einstellung des Verfahrens. Mit einer Verurteilung würde man in einem solchen Fall vermutlich einen schweren Justizirrtum begehen.

Warum sonst beginnen die Hamlets dieser Welt erst dann, Zuneigung für ihre Yoricks zu empfinden, wenn von ihnen nur noch der Totenschädel übrig geblieben ist?

Mein Atem stockt: Es hat geklingelt.

5

Ein kleiner rundlicher Glatzkopf mit Schnurrbart und Lederjacke und ein großer blonder Typ in einer riesigen beigefarbenen Strickjacke haben sich auf dem Treppenabsatz aufgebaut. Ein arbeitsloses Schauspielerpärchen auf Jobsuche?

Dann stellen sie sich vor:

– Kriminalpolizei. Wir hätten da ein paar Fragen an Sie …

Ich lasse sie eintreten.

– Ein gewisser Arthur J. ist ermordet worden. Er war ein Freund Ihrer Frau. Kannten Sie ihn?

– Ich habe ihn bestimmt mal kurz gesehen. Aber ich bin seit vier Jahren geschieden. Haben die beiden zusammengelebt?

– Seine Leiche wurde in seiner eigenen Wohnung gefunden. Ihr Name ist im Zuge der Ermittlungen mehrmals genannt worden, daher zählen Sie zu den Hauptverdächtigen. Wir müssen eine Haussuchung vornehmen, und danach werden Sie uns zur Gerichtspolizei begleiten.

Haussuchung! Mit Schrecken male ich mir aus, wie sie mein Durcheinander von Büchern und diversen Papieren, Zeichnungen und Gemälden durchwühlen, ihre Nase in das Kuddelmuddel stecken, das aus dem kleinsten Wandschrank quillt.

Da kann ich mir die rituelle Frage nicht verkneifen:

– Haben Sie einen Durchsuchungsbefehl?

Die beiden schütteln finster den Kopf.

– Sie sehen wohl zu viele amerikanische Krimis. Wenn jemand auf frischer Tat ertappt wird, ist laut französischem Gesetz kein Durchsuchungsbefehl vonnöten.

– Auf frischer Tat ertappt?

– Ein Aufschub von vier Tagen oder sogar einer Woche und länger kann unmittelbar nach dem Mord erwirkt werden.

Ich gebe mich geschlagen und lasse sie die Wohnung besichtigen, was sie mit dem kritischen Blick eines potentiellen Käufers tun.

Nach drei Minuten ist alles vorbei.

Es ärgert mich doch, dass sie so wenig Interesse zeigen.

– Ich bin in zwei Stunden mit einem belgischen Marionettenspieler verabredet. Können wir die Unterredung nicht auf morgen verschieben? Ich habe sowieso keine Ahnung von der ganzen Sache.

– Da muss ich erst den Chef fragen.

Nach einer kurzen telefonischen Unterredung reicht mir einer der Kriminalbeamten den Hörer.

– Der Chef will Sie sprechen.

– Also, versichert mir eine autoritäre Stimme am anderen Ende der Leitung, wenn alles nach Plan läuft, sind Sie rechtzeitig wieder zu Hause, wenn Ihr Marionettenspieler kommt.

– Bin ich denn verpflichtet, zum Verhör mit aufs Revier zu kommen? Ich habe nicht die geringste Information für Sie.

– Jetzt werden Sie mal nicht unverschämt!

Wir quetschen uns in ein Zivilfahrzeug der Polizei, einen Renault, und fahren zum Quai des Orfèvres. Eigentlich finde ich es weniger beunruhigend als vielmehr höchst spannend, dass ich nun die Gelegenheit haben werde, in diese mythische Welt einzutauchen, und noch dazu als Verdächtiger. Wer weiß, vielleicht habe ich ja das Zeug zu einem richtigen Ganoven! Lassen Sie sich nicht von meinem harmlosen Äußeren täuschen. Wenn man mich ärgert, kann ich ganz hundsgemein werden.

Man führt mich in ein kleines Büro, wo ein Polizeibeamter – wie man sich das eben so vorstellt – mit zwei Fingern Schreibmaschine schreibt. Er ist der Dienst habende Beamte, der gemäß Dienstvorschrift meine Zeugenaussage zu Protokoll nimmt.

– Was haben Sie am 10., 11. und 12. des letzten Monats gegen Abend gemacht?, fragt er mich. Zwischen 19 und 23 Uhr?

– Äh, keine Ahnung ... Ich führe nicht Buch über meine Aktivitäten. Vor einem Monat, sagen Sie?

– Lassen Sie sich Zeit ... Überlegen Sie ein bisschen, es wird Ihnen schon einfallen.

Ich zermartere mir das Hirn.

Welchen Monat haben wir jetzt eigentlich?

Also, an meinem Geburtstag war ich krank und lag die ganze Woche im Bett, dann habe ich den Kurzabstecher nach München gemacht, wo ich Jacke und Schlüssel im Hotelschrank vergessen habe. Als ich wieder zurückkam, war ich nacheinander auf der Beerdigung von X. und C. und dann auf der Einweihungsfeier von K.s neuem Atelier.

Das war im Februar.

Am 10. und 12. lief ein Film, den ich gerne sehen wollte, und ich bin am 10. gegangen, weil ich am 12. eine Vernissage hatte. Aber was war am 11.?

Ich setze ihn über meine Fundstücke in Kenntnis.

– Tatsächlich interessiert uns der 11. am meisten, denn das war der Abend des Mordes.

– Also ist völlig egal, was ich am 10. und 12. gemacht habe?

Er mustert mich mit einem Blick, der einen Anflug von Ironie enthält.

– Reine Routinesache.

Eine Stunde später fällt mir dann ein, dass ich am 11. bei den Ms. zum Abendessen eingeladen war. Ich bin in der Lage zu rekonstruieren, was ich bis drei Uhr morgens gemacht habe. Aber so viel will er gar nicht wissen, da das Verbrechen gegen 22 Uhr begangen wurde.

– Wann und wo haben Sie das Opfer kennen gelernt?

Darüber kann ich nicht viel sagen. Wir haben mal in einem Café ein paar Worte gewechselt, und ein andermal habe ich ihn in der Wohnung meiner Exfrau getroffen, für die ich wieder mal irgendwelche Papiere unterschreiben sollte. Er lächelte sarkastisch und hatte heimtückische Augen und eine unangenehme Stimme. Ich fühlte mich unwohl in seiner Gegenwart. Bei ihm klang alles irgendwie falsch. Damals hatte er noch ein Antiquitätengeschäft in der Rue du Bac, mit dem er sich auf die dreißiger Jahre spezialisiert hatte, und hat mir einmal einen gelehrten Vortrag über die Bedeutung des Bauhauses gehalten. Die Nachricht von seinem Tod lässt mich kalt.

– Wir werden Ihr Alibi überprüfen, schloss der Inspektor. Offensichtlich haben Sie wirklich nichts mit der Sache zu tun. Wir waren hauptsächlich durch die belastende Aussage der Malerin Madame B. auf Ihre Spur gekommen. Sie will nämlich mit angehört haben, wie Sie Morddrohungen gegen das Opfer ausgesprochen haben. Sie sollen gesagt haben: «Du hast mir meine Frau weggenommen! Dafür wirst du bezahlen!»

– So was würde ich nie sagen!

– Jedenfalls scheint Sie diese Madame B. nicht besonders zu mögen. Kennen Sie sie?

– Nie von ihr gehört. Was für Malerei macht sie?

– Abstrakte.

– Das erklärt alles! Wie ist J. denn gestorben?

– Auf den Knien, fünf Kugeln in der Brust und eine im Genick.

– Hört sich eher nach einem Profikiller an, meinen Sie nicht? Vielleicht eine Abrechnung?

– Dieser Fall ist äußerst interessant; wir treffen auf Menschen aus den unterschiedlichsten Gesellschaftsschichten. Es könnte alles sein, sogar ein Verbrechen aus Leidenschaft.

– Jetzt mal im Ernst, können Sie sich wirklich vorstellen, dass ich kaltblütig jemanden exekutiere, der vor mir auf dem Boden kniet, und ihm dann den Gnadenschuss ins Genick gebe?

Er schüttelt den Kopf.

– Man kann nie wissen.

Ich frage ihn, wie sie bei den Ermittlungen verfahren, wie viele Kriminalbeamte auf den Fall angesetzt sind und welche Rolle die Datenverarbeitung neuerdings in der Polizeiarbeit spielt.

Ich habe gerade begonnen, mit P. ein Drehbuch zu schreiben, und diese Informationen könnten dabei ungemein nützlich sein.

Er beantwortet meine Fragen bereitwillig, ist ganz entzückt von meinem Interesse und nutzt die Gelegenheit, sich darüber auszulassen, dass zu wenig Mittel für die Modernisierung bereitgestellt werden.

– Tja, da kann man nichts machen, die Franzosen wollen nun mal kein Geld ausgeben für eine leistungsfähige Polizei.

– Recht haben sie. Eine Polizei, die zu leistungsfähig ist, kann gefährlich werden, erwidert der Glatzkopf mit dem Schnurrbart, der inzwischen das Zimmer betreten hat.

Da kommt der Chef, der mich an meinen früheren Mathelehrer vom Jacques-Decor-Gymnasium erinnert, ins Büro und wirft mir einen bitterbösen Blick zu:

– Sie sind ja immer noch da! Sie hätten doch schon vor zehn Minuten gehen können. Sie werden noch Ihren Marionettenspieler verpassen.

– Ich wollte Ihren Kollegen bloß noch ein paar Fragen stellen.

– Das wäre ja noch schöner! Los, raus hier! Machen Sie die Fliege!

Das mit dem belgischen Marionettenspieler stimmte übrigens sowieso nicht so ganz. Ich hatte ihm gestern abgesagt unter dem Vorwand, ich sei im Augenblick zeitlich überlastet. Wozu soll ich mich in meiner jetzigen Situation noch mit einem zweifelhaften Fernsehprojekt für Kinder abgeben?

Kunstpausen verpflichten, also überquere ich die Seine und betrete ein leeres Bistro am Quai des Grands-Augustins, um meinen Durst zu löschen.

– Sieh mal einer an, ich hab gerade an dich gedacht! ruft Jean-Pierre. Schöner Zeitungsartikel!

– Was für ein Zeitungsartikel?

– In *Le Monde* oder in *La Libération*, ich weiß nicht mehr.

– Wann war denn das?

– Na heute! Warte, ich glaub, sie liegt hier irgendwo unter der Theke.

Er taucht unter, schiebt die Flaschen zur Seite, schmeißt dabei ein Glas runter und zerknautscht ein paar Zeitschriften. Nach fünf Minuten gibt er auf.

– Irgendjemand muss sie geklaut haben. Ich meine aber, es war im *Parisien*. Echt toller Artikel!

– Worum ging's denn überhaupt?

– Weiß ich gar nicht mehr. Hast du in letzter Zeit in einem Film mitgespielt oder so?

– Nein.

– Oder warst du vielleicht im Fernsehen?

– Auch nicht.

– Na ja, jedenfalls ging es um dich, und es war gut. Rot oder weiß?

– Wasser.

Er setzt eine teilnahmsvolle Miene auf.

– Bist du auf Entzug? Könnte mir auch nicht schaden. Mit Kohlensäure?

– Ja, mit Kohlensäure.

Herein kommt einer seiner Freunde und Stammgäste, der seit ein paar Tagen von der Bildfläche verschwunden war. Er ist ziemlich blass und zittert, wirkt aber trotzdem recht munter.

– Na, wieder gesund? fragt Jean-Pierre.

– Von wegen! antwortet der andere. Die haben mich rausgeschmissen, weil sie mein Bett brauchten.

– Dann kann's ja nicht so schlimm gewesen sein.

– Literweise Blut haben sie mir abgezapft und mir ihre Röntgenstrahlen durch den ganzen Körper gejagt. Zu wenig Blut hab ich jedenfalls nicht, guckt mal ...

Er zieht ein Taschentuch aus der Hosentasche und spuckt hinein. Es färbt sich rot.

Ich trinke einen großen Schluck Mineralwasser.

– Ihr müsst euch keine Sorgen machen! ruft er aus, als er unsere betroffenen Gesichter sieht. Gib mir lieber einen Calvados.

Jean-Pierre, den auf einmal Skrupel packen, hält inne, die Flasche in seiner Hand verharrt reglos in der Luft.

– Darfst du denn überhaupt was trinken?

– Worauf du dich verlassen kannst! Ich fühl mich topfit.

Mit einer ruckartigen Bewegung hat er sich das Glas an die Lippen gesetzt und gießt sich den Alkohol in den Rachen. Er schmatzt genüsslich und führt einen bizarren Tanz vor der Theke auf. Eine regelrechte Kabarett-Nummer: Zuerst windet er sich wie eine Bauchtänzerin, im nächsten Augenblick führt er – ohne Luft zu holen – eine Reihe eigenwilliger Luftsprünge aus, dann folgen ein großer Schritt zur Seite und einige kleine Hüpfer ...

Äußerst amüsant.

Plötzlich bricht er zusammen und ist tot.

Ich helfe Jean-Pierre, ihn auf eine Bank hinten im Bistro zu legen. Er zieht den eisernen Rollladen halb zu und ruft den Notdienst.

Ich hätte große Lust, einfach zu verduften, aber mein überstürzter Aufbruch sähe doch allzu sehr nach Flucht aus.

Zu spät, jemand klopft an den Rollladen. Ist das schon die Polizei?

Nein, nur die Frau des Verstorbenen, die noch nicht weiß, dass sie Witwe ist.

– Sie haben nicht zufällig meinen Mann gesehen? Er sollte eigentlich Öl mitbringen; wir haben keinen Tropfen mehr im Haus. Könnten Sie ihm das ausrichten, wenn er seinen Calvados trinken kommt? Eigentlich darf er ja nichts trinken, aber das hält ihn bestimmt nicht ab.

Mir reicht's für heute. Ich springe in ein Taxi, ziehe mich im Aufzug schon mal halb aus und falle dann in mein Bett.

Allgemeine Bilanz: düster.

Vorhang!

Mittwoch

6

Der Uhrzeiger ist zweimal ums Zifferblatt herum gewandert, ohne dass ich auch nur einmal aufgestanden bin.

Gelegentlich bin ich aufgewacht und habe Zeitschriften durchgeblättert oder alte Fotos angeguckt. Punkt acht Uhr heute Morgen hat mein Fernseher den Geist aufgegeben. Der Bildschirm bleibt schwarz bis auf eine horizontale weiße Linie, die quer durchs Bild läuft.

Wie befürchtet verfolgte mich meine Exfrau bis in meine Träume.

Wir waren zusammen in New York, und als wir in unser Hotelzimmer zurückkamen, lag da schon jemand im Bett. Und zwar eine Frau, die meiner Exfrau aufs Haar glich und uns mit weit aufgerissenen Augen anstarrte.

– Du hast mir gar nicht erzählt, dass du eine Zwillingsschwester hast.

Meine Exgattin war nicht minder überrascht.

– Ich schwöre dir, ich habe keine Ahnung, wer das ist; ich habe sie noch nie im Leben gesehen.

Empört sprang die vertraute Unbekannte aus dem Bett. Sie war völlig nackt, nahm eine obszöne Haltung auf der Chaiselongue ein und schleuderte mir wütend entgegen:

– Wo hast du denn *die* Schlampe aufgegabelt? Sie besitzt die Dreistigkeit, so zu tun, als wäre sie ich, aber in Wirklichkeit ist sie eine Spionin. Los, schmeiß sie raus!

– Du weißt, dass das nicht stimmt, hauchte ihr Ebenbild mir ins Ohr.

Doch ihre Stimme klang alles andere als Vertrauen erweckend, und die Situation beunruhigte mich dermaßen, dass ich aufwachte.

Es klingelt.

Schon wieder die Polizei?

Der hört ja gar nicht mehr auf, sich die Schuhe an der Fußmatte abzuputzten …

In seinen Sechzigern, groß und kräftig, sieht er aus, als käme er gerade aus der Waschmaschine. Vom wässrigen Grün seiner weiten vorstehenden Augen über die beige Strickjacke, von der Blässe seiner Haut bis zum angegrauten Bart; alles an ihm ist sauber und zwei Schattierungen heller als der ursprüngliche Farbton. Der priesterliche Kragen entgeht zunächst meiner Aufmerksamkeit.

Mit starkem spanischem Akzent teilt er mir mit, dass er Jesuitenpater ist und extra aus Salamanca kommt, um von mir in das Geheimnis des Lebens eingeweiht zu werden.

Will er sich über mich lustig machen oder was?

Nein, nichts läge ihm ferner! Er hoffe, Material für ein Interview sammeln zu können, das er in einer Monatszeitschrift mit nicht unerheblicher Auflage veröffentlichen will.

– Sie machen den Eindruck, als seien Sie mühelos imstande, die Geheimnisse unseres materialistischen Zeitalters zu entschlüsseln, und als würde ein Ariadnefaden Sie zielsicher durch das Labyrinth des Scheins und Trugs hindurchgeleiten. Wie machen Sie das, dass Sie moderner sind als ich?

Ich erwidere ihm – und meine das nur bedingt ironisch – dass ich, was Modernität betrifft, doch einiges zu wünschen übrig lasse; ich hätte ja noch nicht einmal einen Anrufbeantworter. Ob er vielleicht die falsche Adresse erwischt oder sich in der Etage geirrt habe?

– Nein, ich weiß genau, wer Sie sind. Außerdem bin ich gut mit Ihrem Freund A. bekannt; ich habe ihn in Literaturgeschichte unterrichtet. Aber wenn es Ihnen jetzt nicht passt, kann ich auch ein andermal wiederkommen …

Ich setze ihn in das mittlere Zimmer und bitte ihn zu warten, bis ich mich angezogen habe, da ich noch im Bademantel bin. Hastig schlüpfe ich in Hemd und Hose und frage mich, ob er wohl gerade dabei ist, in meiner alten Post zu schnüffeln oder den andern Kram zu durchwühlen, der sich auf dem runden Tisch stapelt. Von den Zetteln neben dem Telefon und dem Terminkalender wird er ja wohl hoffentlich die Finger lassen …

Trotzdem finde ich das Ganze amüsant. Ich hatte bisher noch nicht das Vergnügen, einen spanischen Jesuitenpater kennen zu lernen. Der wird mich auf andere Gedanken bringen.

Als ich ins Zimmer komme, steht er vor der Wand und betrachtet die Gemälde meines Vaters, die dort hängen.

– An meiner Wand hängt bloß ein Kruzifix, sagt er mit einem Seufzer des Bedauerns.

– Keine Heiligenbilder? Sie könnten sich doch Szenen aus dem Leben der Märtyrer an die Wand hängen.

Er schüttelt den Kopf, denkt nach, dann auf einmal erhellen sich seine Züge:

– Ich habe ein Porträt vom heiligen Ignatius von Loyola.

Nach einer langen Pause fügt er hinzu:

– Aber ich habe es nicht aufgehängt. Eine weiße Wand und ein Kruzifix, das reicht.

– Wohnen Sie im Hotel?

– Nein, bei meinen Ordensbrüdern in der Rue de Sèvres. Wissen Sie, nach meiner Ankunft habe ich mir zuallererst einen Pornofilm angesehen. Zum ersten Mal. Und ich muss sagen, ich war erstaunt, was für eine andächtige Stille im Kinosaal herrschte; es war fast wie bei der Messe.

– Sie dürfen einen Pornofilm gucken? Gilt das nicht als Sünde?

– Gott ist die Liebe, er liest in meinem Herzen. Ich weiß, dass er mich versteht.

Ich frage ihn, ob er ein Glas Weißwein möchte.

– Ich trinke, was Sie trinken ...

Ich stecke mir eine halbe Zigarre der Marke «Toscano» zwischen die Lippen und biete ihm die andere Hälfte an.

– Rauchen Sie?

– Wenn Sie auch rauchen ...

– Und ob.

Der Weißwein und die Zigarre rufen in mir eine leichte Übelkeit hervor, die aber nicht unangenehm ist.

Wir halten ein gemütliches Pläuschchen, so wie die Spießer in den Filmen von Buñuel. Das sind meine Lieblingsszenen.

Ramón beantwortet anstandslos meine Fragen; wie geplant hat sich unser Gespräch ziemlich bald in ein Interview verwandelt. Nur dass nicht er die Fragen stellt, sondern ich, und nicht ich seine Neugier befriedige, sondern umgekehrt.

– Ich komme aus einer Familie mit acht Kindern. Bei uns will es die Tradition, dass ein Sohn Soldat und ein anderer Priester wird. Ich sollte eigentlich Soldat werden, aber dazu hatte ich keine Lust. Also hab ich mit meinem Bruder getauscht.

– Haben Sie auch zum Tode Verurteilten beigestanden?

– Ja, in der Franco-Ära.

Er lässt seine Gedanken schweifen und schwenkt das Gold der *Ostertag*-Spätlese in seinem Glas.

– Ich liebe das Elend. Es zieht mich an und fasziniert mich. Eigentlich wollte ich nur der Beichte wegen Priester werden. Nur um in den einzigartigen Genuss zu kommen, am Elend anderer teilhaben zu können.

– Ist diese Haltung nicht eher sadistisch als christlich?

– Das Elend ist ein Geschenk Gottes: Die einen macht es stark und den anderen bereitet es Freude. Ich höre zu, ich zeige Verständnis und ich spende Trost. Was kann es also schaden, das Elend zu genießen?

Nach einer kurzen Denkpause fügt er hinzu:

– Ich bin wohl nicht besonders sensibel.

Und dann, ohne Überleitung:

– Was muss man eigentlich machen, um eine Besucherkarte für die Filmfestspiele in Cannes zu bekommen? Meinen Sie, dass das schwierig wird?

Ich informiere ihn, so gut ich kann.

– Gehen Sie gerne ins Kino?

– Selbstverständlich. Außerdem unterhält der Orden der Wohltätigen Schwestern der Seelen im Fegefeuer – übrigens ein sehr alter Orden, dem nur noch an die zwanzig Schwestern angehören – eine herrliche Villa in der Nähe von Antibes, wo sie erschöpften Priestern Obdach gewähren. Das wäre doch eine ideale Unterkunft für die Zeit während des Festivals.

– Sind Sie denn erschöpft?

Da grinst er verschlagen, fast jungenhaft:

– Ich? Ich bin die Erschöpfung in Person!

Als er kurz zuvor nach Kopenhagen gereist war, hatte es ihm widerstrebt, seine eher mittelmäßigen Englischkenntnisse einzusetzen, um nach dem Weg zu fragen; tatsächlich hatte er dann auch ganz ohne fremde Hilfe die Societas Jesu gefunden.

– Zuerst habe ich auf dem Stadtplan die Hauptpost gesucht. Für uns Jesuiten ist die Post enorm wichtig. Dann habe ich das Kommissariat gesucht. Und dann die Kaufhäuser. Kaufhäuser sind wirklich praktisch; wenn man reist, braucht man immer irgendetwas. Um diese drei Punkte habe ich ein Dreieck gezogen und mich in dessen Mitte begeben. Und von da aus waren es nur noch zwei Straßen bis zu unserem Haus.

– Äußerst clever!

– Wir sind arm, deshalb müssen wir unseren Verstand gebrauchen. In einem belgischen Kloster, wo ich einmal abgestiegen bin, war ich in einer ziemlich kärglichen Zelle untergebracht. Der Pater, der für die Unterbringung zuständig war, sagte zu mir: «Eigentlich hatten wir für Sie eine komfortablere Zelle vorgesehen, aber der Bruder, der sie am Vorabend Ihrer Ankunft verlassen sollte, ist krank geworden. Sobald er wieder gesund ist, können Sie umziehen.» Am nächsten Tag ist die Zelle frei, und ich erkundige mich nach dem Befinden des kranken Bruders. Doch weit davon entfernt, sich gebessert zu haben, hat sich sein Gesundheitszustand dermaßen verschlechtert, dass er mit Blaulicht ins Krankenhaus gebracht werden musste. Am nächsten Tag wollte ich ihn besuchen. Zu spät, er war bereits tot. Bei seinem Begräbnis waren wir nur zu zweit. Ich fragte, ob er Familie hatte oder Freunde, die benachrichtigt werden müssten, aber nein, es gab niemanden. So leben wir, von keinem gekannt und ohne Geld. Frei von Bindungen und Reichtümern, widmen wir unser Leben einzig Gott.

– Wie stellen Sie sich Gott eigentlich vor? Als ehrwürdigen Alten mit langem weißem Bart? Oder als eine Art Marsmensch? Ein Phantasiewesen?

Er fängt an, herzlich zu lachen.

– Gott ist eine Frau, schwarz und lesbisch.

– Sie lästern Gott?

– Ach was, Gott weiß, wie ich das meine, er weiß genau, dass ich nur Spaß mache. Außerdem ist eine schwarze lesbische Frau nicht weniger wert als irgendein anderer Mensch!

In einem kastilischen Kloster, in dem er sich eine Zeit lang aufgehalten hat, hat er sich in den Totenschädel verliebt, den man ihm – wie es im Refektorium des Klosters der Brauch war – vor den Teller gestellt hatte. Als er das Kloster verließ, nahm er den Schädel mit.

– Diebstahl, das wird ja immer besser!

Freimütig gesteht er es ein.

– Er begleitet mich auf all meinen Reisen. Einmal hat dieser Schädel einen sehr frommen Bruder mit starkem Hang zur Askese dermaßen in Entzücken versetzt, dass er ihn mir abkaufen wollte, aber ich wollte mich nicht von ihm trennen.

Ich riet ihm, seine Bestellung direkt an die Franziskaner zu richten, die aufgrund der vielen Krankenhäuser, die sie betreuen, eine Art Monopol auf Totenschädel haben … Sie haben ihm dann einen geschickt, per Nachnahme und in eine Tortenschachtel eingepackt. Aber anstatt sich zu freuen, war der Bruder schlechter gelaunt denn je. Schließlich hat er mir anvertraut, dass ihm die Physiognomie dieses Schädels überhaupt nicht zusage. Tatsächlich fand er ihn sogar ziemlich hässlich. Nach reiflicher Überlegung haben wir dann beschlossen, zu reklamieren und ein attraktiveres Exemplar anzufordern.

Da bekam er einen neuen, wunderschönen Schädel mit herrlichen Augenhöhlen und makellosen Zähnen, der ihm bis heute große Freude bereitet. Eine rührende Liebesgeschichte, finden Sie nicht?

Ob er mich auf den Arm nimmt? Seine Glubschaugen schielen zur Decke. Er zieht ein kleines Elfenbeinkreuz hinter seinem weißen Kragen hervor, das an einer dünnen Silberkette hängt, und küsst es demütig. Ich schenke uns Wein nach.

– Sind Sie häufig in Rom?

– Gelegentlich. Meistens nur, um mich mit Soutanen einzudecken. Richtig schicke Priestergewänder gibt es nur dort.

– Kommt es oft vor, dass Klosterbrüder merkwürdige Verhaltensweisen entwickeln?

– Nicht mehr als in jeder anderen Gemeinschaft von Männern, die auf die Gesellschaft von Frauen verzichten müssen. Ich kann mich noch an einen Bruder erinnern, der in einem Kloster in der Nähe von Bordighera in der Zelle neben mir wohnte. Eines Morgens stürmte er in meine Zelle und rutschte auf Knien die Wand entlang, die meine mit seiner Zelle verband. Ich konnte mir keinen Reim auf sein seltsames Gebaren machen, aber er zeigte alle Anzeichen eines tiefen Kummers. Tränen rannen ihm die Wangen hinunter, und er brabbelte leise vor sich hin. Als ich mich ihm näherte, konnte ich sehen, dass er mit beiden Händen Ameisen aufsammelte und in seine Taschen stopfte, wobei er sie «seine lieben kleinen Freunde» nannte und sich bitterlich darüber beklagte, dass sie ihn wegen eines anderen verlassen hätten. Er versprach ihnen den Himmel auf Erden, wenn sie nur bereit wären, ihre Lebensgemeinschaft mit ihm wieder aufzunehmen. Auch eine Liebesgeschichte!

– Zweifeln Sie niemals an der Existenz Gottes?

– Gewiss doch! Aber ohne Gott wäre mein Leben bedeutungslos! Es wäre … es wäre die reinste Farce. Das Leben selbst wäre jedes Sinns beraubt, ein zweckfreier Alptraum. Aber da ich ohne Gott nicht leben könnte, ist es für mich letztlich völlig irrelevant, ob er wirklich existiert oder nicht.

– Woher rührt Ihrer Meinung nach die Tendenz zur Vermarktung der Religion? Wie kommt es, dass in allen Bereichen des Glaubens der Handel blüht? Finden Sie das nicht skandalös?

Seine Antwort kommt mit einiger Verspätung. Erst bewegen sich seine Lippen wie im Gebet, dann lässt er mich am Ergebnis seiner Meditation teilhaben:

– Sie haben Recht, aber ist es etwa die Schuld der Kirche, dass sich eine Idee umso besser finanziell umsetzen lässt, je stärker sie von der Aura des Geheimnisvollen umgeben ist? Gehe ich fehl in der Annahme, dass dieses Phänomen nicht gerade auch in der Kunstszene weit verbreitet ist? Und ist es dort etwa weniger skandalös?

Ich habe Ramón bis zur Metro begleitet, wo wir einander beim Abschied das Versprechen abnahmen, uns bald wieder zu sehen. Als er die Treppe hinunterging, schwankte er leicht aufgrund der Menschenmenge, die ihm durch die Klapptüren entgegenströmte.

Er schien aber keinerlei Bedürfnis zu verspüren, sich am Geländer festzuhalten.

7

Ich gehe die Straße ein Stück zurück, weil ich noch zur Bank will, um endlich meinen Scheck, der kaum der Mühe wert ist, einzulösen. Die Bankangestellte schlägt mir vor, mit der für meine Kontovorgänge zuständigen Dame zu sprechen, aber ich lehne ihr Angebot ab. So dumm bin ich nicht!

Tagtäglich liest man in den Zeitungen von harmlosen Bankkunden, die von bösen Bankräubern als Geiseln genommen werden. Doch die Gazetten schweigen sich aus über die – wohlgemerkt weitaus häufigeren – Fälle, in denen die Kunden von der Bank selbst festgehalten werden.

Die Überwachungskameras machen mich nervös.

Mit welchem Recht werde ich hier genötigt, in einem Film mitzuspielen, ohne vorher gefragt zu werden, ohne einen Vertrag unterschrieben oder meinen Drehurlaub beantragt zu haben? Und für all das bekomme ich keinen Pfennig, was weniger ist, als dem Geringsten unter den Schaustellern von Rechts wegen zusteht.

Schließlich habe ich keine Kunstpause eingelegt, um eine neue Karriere als Bankkomparse zu beginnen!

Wer sollte sich für dieses Konzeptkino, ohne Drehbuch und Dialoge, in dem das banale Leben abgefilmt wird, interessieren?

Vielleicht eine kleine elitäre Minderheit von Filmliebhabern mit extravagantem Geschmack.

Wahrscheinlich stellen sich die Herren der Hochfinanz vor, wie jene Elite in ihren privaten Ciné-Clubs sitzt, Havannas raucht und alten Armagnac nippt. Einige der regelmäßigen Bankbesucher sind – ohne es zu wissen – vielleicht schon längst Superstars. Sollte die junge Frau, der man gerade einen Kredit von dreißigtausend Franc verweigert hat und die daraufhin in Tränen ausbrach, in Cannes Furore machen, so würde mich das nicht wundern. Ihre animalische Ausstrahlung, vermischt mit einem Quäntchen Tragik, war für die Kamera sicherlich ein gefundenes Fressen. Die Szene wird bestimmt zum Referenzstück avancieren und die Kinosäle von Hongkong bis Chicago füllen. Aber von all dem wird sie nie etwas erfahren und vermutlich bis zum Jüngsten Tage ihrem Kredit hinterherjagen.

Schon als sie mein Konto wieder auffüllte, betrachtete mich die Bankangestellte mit wachsender Skepsis. Als ich aber dann eine bescheidene Summe Geldes abheben wollte, musterte sie mich eingehend, wobei ihr Blick schließlich auf meinen staubigen Schuhen und der abgewetzten Kniepartie meiner Hose verweilte. Verunsichert wandte sie sich Hilfe suchend an einen Vorgesetzten, und ich sah von weitem, wie sie ihm etwas zuflüsterte und dabei anklagend einen Zeigefinger auf mich richtete. Mein schäbiger Aufzug veranlasste sie offenbar zu der Annahme, ich sei ein wenig talentierter Hochstapler, der sich als meine Person ausgab.

Als sie – nach einer halben Ewigkeit – endlich wiederkam und mir verächtlich ein paar mickrige Scheinchen hinblätterte, spürte ich genau, dass sie das nur widerwillig tat, da diese mir ihrer Meinung nach nicht zustanden.

So konkret und greifbar Geld sein kann, wenn man keines oder nur wenig besitzt, umso weniger greifbar, ja geradezu ätherisch mutet es einen an, sobald es sich um große Mengen handelt. Hat die Summe erst einmal die einstellige Millionengrenze überschritten, verliert die Geldmasse ihre Konturen und wird flüchtig und schemenhaft wie Wolken am Himmel.

Die Nullen fallen hernieder oder fliegen davon mit einer wilden Lust, die einem prickelnden Kapitalisten-Champagner oder einem Alka-Selzer nach durchzechter Nacht alle Ehre machen würde.

Die Nullen, anhand deren mein Vermögen zu ermitteln ist, sind wie die Löcher in meinen Taschen: Die übrigen Ziffern sind durchgefallen.

Im Kopf rechne ich die noch zu erwartenden Einnahmen zusammen: eine Hand voll Francs für meinen diesjährigen Autorenanteil an zehn verkauften Exemplaren und ein paar Fernseh-, Theater- und Liedertantiemen. Die Ernte wird nicht gerade üppig ausfallen. Ein Theaterplakat, das irgendein bekloppter Veranstalter zu bezahlen sich weigert. Dann hab ich ein paar Zeilen für die Zeitung geschrieben und den Umschlag für ein Buch gemacht, das in zwei Monaten erscheint ...

Der kalte Schweiß steht mir auf der Stirn.

Geld ist das Blut der Gesellschaft.

Ich muss den Mut und die Ehrlichkeit besitzen, den bedrückenden Ernst meiner Lage zu erkennen: In gesellschaftlicher Hinsicht bin ich ausgeblutet.

Kaum aus der Bank heraus, beginne ich auch schon mir das Hirn darüber zu zermartern, wie man in drei Minuten ein Vermögen machen kann.

Vielleicht Schnuller mit Geschmack für Erwachsene auf den Markt bringen, die der Herrschaft des ewigen Glimmstängels ein Ende bereiten könnten?

Oder fette Brustwarzen aus Kunststoff in verschiedenen Farben?

Oder vielleicht sollte ich eine neue Art von Unterwäsche kreieren, die aus ganz feinem, elastischem und äußerst widerstandsfähigem Material besteht – ähnlich dem, was die Raumfahrtindustrie entwickelt hat, sodass der Gebrauch von Präservativen sich erübrigt?

Ich kann mir noch nicht recht vorstellen, wie ich bei den zuständigen Textil- und Kirchenbehörden vorspreche, um mein Anliegen vorzubringen. Und falls das Projekt tatsächlich von Erfolg gekrönt sein sollte, müsste ich dann diese spezielle Flirt-Unterwäsche mit meinem Namen versehen?

Mit einem Mal entmutigt, sinke ich im erstbesten Straßencafé gegenüber der Bank in mich zusammen.

Ein Baby steigt aus dem Aschenbecher auf. Zuerst ist es noch ganz klein, wird aber schnell größer, während seine Gesichtszüge ebenso rasch altern. Nachdem es die Ausmaße und das Aussehen eines erwachsenen Mannes angenommen hat, krächzt es heiser: ‹Warum nur? Warum?›, bevor es auf dem Tisch tot zusammenbricht und dabei mein Glas umwirft. Wie ein gelangweilter Gott sitze ich da und beobachte Aufstieg und Fall dieses Miniwesens, einer Ausgeburt meines überreizten, im eigenen Saft schmorenden Nervenkostüms.

Wie kann etwas, das überhaupt nicht existiert, Angst haben?

Aus welchem Lüftchen nimmt es die Energie, um Verzweiflung zu empfinden?

War ich auch so, bevor ich geboren wurde?

Habe ich schon mein Schicksal beklagt, ehe noch das Licht des Polarsterns erstmals die Erde streifte?

Schluchzte ich bereits, als sich die Sintflut über die Erde ergoss?

Raufte ich mir die Haare, als Herodes die Neugeborenen erschlagen ließ?

Als es schon Eier gab, aber noch keine Hennen,
als alles, was hart ist, noch weich war,
als die Liebe sich auf Penetration beschränkte,

als die Prostitution auf dem neuesten Stand der Technik war,

als Christus von seinen Schulkameraden «Heulsuse» genannt wurde,

als Villon sich für unsterblich hielt,

als Rabelais errötete, wenn er ein Schimpfwort hörte,

als Leonardo da Vinci seine ersten grauen Haare ausrupfte,

als es Beethoven so vorkam, als würden die Menschen um ihn herum den ganzen Tag tuscheln,

als Conrad die englischen unregelmäßigen Verben auswendig lernte,

als Freud, der nachts nicht einschlafen konnte, Schäfchen zählte;

wessen Hodengründe durchquerte ich da gerade, eingeschlossen in eine Blase wie ein Astronaut in seine Raumkapsel? Welcher Vorfahrin gehörte die Eizelle, die ich umkreiste?

Normalerweise würde ich jetzt im Schweinsgalopp nach Hause eilen, um diesen Blödsinn, der mir da gerade eingefallen ist, aufzuschreiben.

Aber heute halte ich mich an die neue Parole, verweigere den Gehorsam, sage dem pawlowschen Hundeleben ade, unterwerfe mich nicht länger der Konditionierung, sondern bestelle mir stattdessen klaren Kopfes noch ein Glas Wein und ein Sandwich mit Knoblauchwurst ohne Butter, dafür aber mit Gürkchen.

‹Warum?›, eine existentielle Frage für den Mann, der aus der Asche aufstieg und in Rauch aufging, ‹Warum?›, die metaphysische Frage für Eugène Ionesco, die ihn jahrelang quälte – diese Frage belastet mich nicht über die Maßen.

Mir lässt dafür die Frage ‹Wie?› keine Ruhe.

Wie stell ich's an? Wie soll ich's tun?
Wie ist der Plan?
Wie fang ich an?

Ein eiliger Passant macht eine Vollbremsung und kommt vor meinem Tisch zum Stehen.

– Nein!!! So ein Zufall! Ich habe gerade noch an dich gedacht!

Ich mustere den Herrn. Ein sympathisches Gesicht mit einer kleinen, runden Nase, die drei fächerförmig angeordnete Barthaare überragt.

Eine alte Kneipenbekanntschaft aus der «Nouvelle Mairie».

– Hast du Zeit für ein Glas?

– Nein, aber ich wollte dich anrufen, weißt du, ich bezahle meine Schulden immer, hier, das kriegst du noch von mir, und vielen Dank noch mal!

Er zieht fünf Zweihundert-Franc-Scheine aus seiner Brieftasche, legt sie auf den Tisch und schüttelt mir kräftig die Hand.

– Schöner Zeitungsartikel übrigens!

Ich stecke die Scheine ein.

– In welcher Zeitung?

– Im *Figaro* von gestern ... oder in *Le Monde*. Sehr schön, wirklich.

Er entfernt sich mit Riesenschritten und schwenkt dabei energisch die Fäuste, Daumen nach oben.

Tausend Franc sind zwar kein Vermögen, aber im Moment kommen sie mir sehr gelegen.

Ich beglückwünsche mich zu der klugen Entscheidung, diesem ehrlichen Trinker, der offensichtlich dem Laster entsagt hat, einen Teil meines Ersparten anvertraut zu haben. Der Betrag wäre heute sicherlich rettungslos verloren, hätte ich nicht die Umsicht besessen, ihn ihm zur rechten Zeit zu leihen.

Die Subventionen fließen; ich hätte mir überhaupt keine Sorgen zu machen brauchen!

Ich bade in einer sanften Euphorie, die wohl auf die Flasche Riesling, die ich mit Ramón geleert habe, sowie das Glas Rotwein und auf die beiden Geldbeträge zurückzuführen ist.

Vorsicht!

Euphorie bedeutet Gefahr!

Lust, Freude und Schönheit, an denen ich mich ebenso erfreue wie jeder andere auch, schalten bei mir automatisch jeglichen Selbsterhaltungstrieb aus, betäuben mich regelrecht. Diese selbstzerstörerischen Tendenzen muss ich um jeden Preis unterbinden, will ich nicht bei lebendigem Leibe verschlungen werden.

Erst wenn ich Zahn- oder Kopfschmerzen habe oder mir die Füße wehtun, werde ich mir der Existenz der entsprechenden Körperteile bewusst. Ohne diese Leiden beginnt mein Körper sich aufzulösen, verwischt seine Konturen, wird zu einer formlosen Masse, zum idealen Fressen für die hungrige Meute, die mir tagtäglich auf den Fersen ist.

Sobald der Schmerz aufhört, entgleitet mir die Realität und ich kehre in meine imaginäre, virtuelle Welt zurück, die aus austauschbaren Elementen ohne erkennbare Struktur besteht.

Kaum ist der Schmerz vorüber, kann man ihn sich schon nicht mehr vorstellen.

Das ist natürlich einerseits sehr angenehm. Auf der anderen Seite will ich mich an die Schmerzen erinnern, denn nur auf diese Weise kann ich mich schützen und die Fallen außer Kraft setzen, die mich ins Verderben stürzen sollen.

So viel Aufwand, nur um dem Leben ein paar Sekunden mehr abzuringen!

Es ist genauso unsinnig, so zu leben, als existiere der Tod als absolute, unausweichliche Größe nicht, wie sich von dem Gedanken an den nahen Tod seine vergängliche Existenz verderben zu lassen.

Diesem zweifachen Un-Sinn kann man im Grunde nur auf rein pragmatische Weise sinnvoll begegnen: durch ständiges Hin und Her.

Also habe ich ein 24-Stunden-Ticket für die Strecke «Leben – Tod» abonniert. Meine Gedanken verkehren unaufhörlich zwischen diesen beiden Endpunkten, und ich hüte mich davor, irgendwo auszusteigen. In eine Fensterecke des Pendelzuges gekauert, betrachte ich die vorüberziehende Landschaft, und wenn ich die Augen schließe, kann ich mich in die Gegenrichtung fahren sehen, ein kleiner roter Punkt, der rasch im Tunnel verschwindet.

Ich gehe den Boulevard Delessert entlang in Richtung Seine. Ganz benommen von der Sonne, taumele ich dahin mit geschlossenen Lidern wie ein verängstigter Stier, der allein auf seinen Instinkt vertraut.

Ich versuche mir vorzustellen, wie sich der Aufprall gestalten wird. Denn die diversen Hindernisse, die sich mir in den Weg stellen könnten, haben unterschiedliche Formen und Konsistenz.

Ein Verkehrsschild z. B. vermittelt bei einem Frontalaufprall ein weitaus metallischeres Gefühl als eine Passantin mit vollen Brüsten. Die raue Berührung eines Baumstamms hat nichts von der zarten Weichheit einer Kinderwange. Ich könnte gegen eine Bank laufen, über ein Kabel stolpern oder auf Hundescheiße ausrutschen.

Früher oder später werde ich zwangsläufig nähere Bekanntschaft mit dem unnachgiebigen Straßenbelag machen.

Während ich mit geschlossenen Augen weitergehe, weise ich

mich selbst zurecht und fordere mich auf, auf den Weg zu achten. Bin ich jetzt nicht zu weit nach links abgedriftet, habe ich nicht schon fast den Bordstein erreicht? Die Autogeräusche klingen auf einmal so nah.

Ich höre, wie eine Mutter mit ihrem Kind oder ihrem Hund schimpft … Ein paar junge Mädchen kichern hysterisch.

Ein Lastwagen bremst mit quietschenden Reifen.

So, jetzt reicht's, mach die Augen wieder auf!

Ich gebe nicht nach.

Und wenn ich mich dabei überfahren lasse, von mir aus, schließlich ist das meine Sache. Aber immerhin könnte ich dann mit Sicherheit Traum und Wirklichkeit voneinander unterscheiden.

8

Wider Erwarten kommt der Aufprallschock von hinten. Ein beachtlicher Schlag auf den Rücken befördert mich einen halben Meter vorwärts, und ich mache die Augen auf, ohne es zu merken.

Ich erkenne das fröhliche Gesicht des Fotografen, der mich neulich dazu überredet hat, anlässlich seiner ersten Ausstellung einen Katalogtext zu verfassen.

Meiner Vorstellung von Fotografie entsprachen die Bilder von G. zwar nie so ganz, aber es gibt Schlimmeres. Seit seinem Debüt hat er sich eine gewisse Berühmtheit als Nacktfotograf erworben, ein Gebiet, auf das er sich spezialisiert hatte. Der Schwarm hübscher Mädchen, von dem er stets umgeben war, half mir, seine bisweilen anstrengende Gesellschaft zu ertragen.

Aber im Grunde war er kein schlechter Kerl und besaß sogar eine gewisse Wortgewandtheit, einen ganz eigenen Sinn für Humor. Wer das Glück hatte, ihn in nüchternem Zustand reden zu hören, kam zuweilen in den Genuss von durchaus treffenden Kommentaren.

Diesmal war das leider nicht der Fall.

– Du hättest mal dein Gesicht sehen sollen, schlurfst mit geschlossenen Augen durch die Gegend wie ein schlafwandelnder Opi! Das hab ich auf Film, Alter. Einmalig! Ich sag dir, das war echt Spitze!

Er hält mir seine Nikon unter die Nase, wirbelt sie herum wie eine Steinschleuder, verliert das Gleichgewicht und streckt sich der Länge nach aufs Trottoir. Was ihn keineswegs davon abhält, weiterzugrölen:

– Du hättest dein Gesicht sehen sollen! Keine Sorge, ich schick dir einen Abzug, dann kannst du's selber sehen!

Ich helfe ihm beim Aufstehen.

– Nichts gebrochen?

– Ach was! Säufer wie uns beschützt der liebe Gott. Seit gestern Abend bin ich mit meinen beiden hübschen Nachbarinnen unterwegs. Wohnen direkt nebenan, Nummer 17. Erste Sahne, die Mädels! Du kommst mit! Während ich im Studio war, um noch ein paar Sachen zu holen, haben sie neuen Sekt besorgt. Ich werd sie ablichten, bis ihnen Hören und Sehen vergeht, den kleinen Schlampen! Du wirst staunen! Wohnen direkt nebenan, in einem superschicken Haus, echt nobel! Die eine ist Russin, und die andere ist die Tochter von Che Guevara. Im Ernst, ‹El Comandante› Che Guevara! Allererste Sahne, sag ich dir! Superhübsch, mit einem Hintern – rund und knackig wie ein Volleyball und mit den niedlichsten Ohrläppchen der Welt! Die andere ist blond und auch ganz gut ausgestattet. Jede Menge Holz vor der Hütte! Und ein Arsch … Erste Klasse! Ich hab ihr an den Po gefasst, da hat sie mich angeguckt, als wollte sie mich fressen. Ich hätte sie auch gerne vernascht, das kann ich dir sagen. Aggressive Frauen machen mich echt an. Dann hab ich ihr an die Titten gefasst, nur um sie zu provozieren. Super Technik! Man muss sie zwingen zu reagieren. Bloß keine Gleichgültigkeit! Hätte sie gar nichts gesagt, dann hätte ich sie wahrscheinlich trotzdem gevögelt, aber das wär dann unpersönlich geblieben. Aber so hat sie mich ganz heiß gemacht. Du hättest sehen sollen, wie sie mich angegiftet hat … stinkwütend, wild wie eine Tigerin. Die macht mich verrückt. Die andere nervt zwar ziemlich, aber ist total geil. Frauen sind noch mal mein Untergang, ich sollte schwul werden.

Während dieses gesamten vom Rausch inspirierten Monologs konnte ich mich keinen Zentimeter weit von der Stelle bewegen, weil G. sich krampfhaft am Revers meiner Jacke festklammerte. Dabei blies er mir seine Alkoholfahne direkt in die Nasenlöcher und krönte seine feierliche Erklärung mit einem dicken Kuss, den er mir schmatzend mitten auf den Mund drückte.

Mein Blick muss Mordgelüste widerspiegeln, denn G. lacht sich halb tot.

– Guck doch nicht so schockiert, als wär ich ein Kuhfladen in einem Hamburger! Ich bringe dich schon auf Touren. Aber für mich bitte keine Vaseline! Nicht meine Sache! Das hält mein zarter Popo nicht aus! Warte erst mal ab, bis du die Tussis zu Gesicht bekommst! Ich wette, die machen dich scharf. Wenn du brav bist, darfst du dir auch eine aussuchen, Alter! Los, komm, sie warten auf uns.

Ich lehne mit Nachdruck ab.

– Geht nicht. Ich muss noch was erledigen. Man erwartet mich.

– Was gibt's denn Wichtigeres, als zwei Tussis abzuschleppen? Mit geschlossenen Augen und verkniffenem Mund durch die Gegend rennen, bis du gegen einen Baum läufst? Pass bloß auf, sonst landest du noch in der Klapse, Kumpel! Sei nicht blöd, die warten doch auf uns. Die sind total begeistert von deinen Sachen, finden die erste Sahne, hab ich denen erzählt, die wollen dich unbedingt kennen lernen. Die eine ist die Tochter von Che, die andere hat 'nen Vater, der in St. Petersburg beim Fernsehen arbeitet. Oberaffengeil!

Er nimmt mich in den Schwitzkasten und schiebt mich die Straße entlang, bis zur Hausnummer 17.

Vergeblich versuche ich, mich zu befreien – er ist einfach zu stark. Da fällt mir ein, dass er mal Amateur-Boxchampion war und in früher Jugend bereits Hanteln gestemmt hat. Ein Tier.

Schließlich kommen wir bei Nummer 17 an.

G. vereitelt einen letzten verzweifelten Fluchtversuch und schnappt sich – um weiteren Eskapaden vorzubeugen – meine Brieftasche samt Ausweis und allem, was dazugehört, und lässt sie in seine Innentasche gleiten:

– Beschlagnahmt! Jetzt wirst du dir das mit dem Abhauen überlegen! Erst mal legst du brav die Mädchen flach, und wenn du lieb bist, kriegst du deine Papiere zurück. Wohlgemerkt, nur wenn du lieb bist!

Wir quetschen uns in einen Fahrstuhl mit doppelter Falttür, in der ich mir die Finger einklemme.

– Siehst du, das kommt davon, wenn man seine Finger überall reinsteckt. Ja, ja, ist ja gut! Zeig mal dein Wehweh. Das ist doch gar nicht so wild, nur ein bisschen rot an der einen Seite, halb so schlimm. Die Damen werden sich schon um dich kümmern; die kennen sich mit so was aus. Allererste Sahne!

Im vierten Stock steigen wir aus. Es gibt nur eine Tür mit geschnitzten Holzpaneelen. Er drückt auf den Klingelknopf und schneidet obszöne Grimassen. Als die Tür sich nicht sofort öffnet, fängt er an zu nölen.

– Hey, Mädels, hört auf, euch die Muschi zu kraulen, hier kommen die echten Männer! Ich hab euch eine Überraschung mitgebracht! Hopp, hopp!

Ich höre Schritte im Flur und leide Höllenqualen.

Ein Schloss wird aufgesperrt, dann ein zweites.

Die Tür öffnet sich einen Spalt breit und gibt den Blick auf eine gut gekleidete, attraktive Frau in den Vierzigern frei, mit ebenmäßigen Zügen, milchweißer Haut, schwarzen glänzenden Haaren und einem vollen wohlgeformten Mund in einem klassischen grauen, extrem auf Taille geschnittenen Kostüm und schwarzen Strümpfen. Der Kostümausschnitt lässt den Brustansatz erkennen. Als einzigen Schmuck trägt sie eine Perlenkette um den Hals.

Sehr eindrucksvoll, eine wahnsinnige animalische Anziehungskraft.

– Zu wem wollen Sie?

– Scheiße! stöhnt G. Entschuldigen Sie vielmals, Madame, wir haben uns in der Etage geirrt. Sie wissen nicht zufällig, wo Agnès wohnt, eine umwerfende, dunkelhaarige Kubanerin mit schwarzen Augen?

Die Dame bleibt gelassen.

– Agnès, und wie weiter? Wissen Sie denn nicht, wie sie mit Nachnamen heißt?

Ihre Stimme ist freundlich, warm und sinnlich.

– Nein, das weiß ich nicht ... Doch, Augenblick, da sie die Tochter von Che Guevara ist, muss sie ja auch Guevara heißen! Gibt es hier im Haus jemanden, der Guevara heißt?

– Nicht dass ich wüsste, aber ich kenne auch nicht alle.

Die Frau wirft mir einen tiefsinnigen Blick zu. Ihre Augen sind dunkelblau und unglaublich durchdringend. Mein Gehampel muss ihr sehr merkwürdig vorkommen. Warum kann ich sie nicht unter anderen Umständen kennen lernen? Warum muss ausgerechnet der grauenvolle G. dabei sein?

Ich lächle verkrampft und versuche gleichzeitig, mich aus Gs. Griff zu befreien, der mir beinahe die Schulter zerquetscht.

– Geht es Ihnen nicht gut, Monsieur?

– Doch, doch, wir werden Sie nicht weiter belästigen. Entschuldigen Sie uns, Madame ...

Aber davon will G. nichts wissen.

– Warten Sie doch mal, da ist auch noch eine Blondine. Eine Russin ... Olga ... nein, Martha ... Ja, genau, Martha. Sie wohnen zusammen. Zwei tolle Frauen, wunderschön, sind nicht zu übersehen. Sind Sie sicher, dass Ihnen die nicht aufgefallen sind?

Die Frau, die meiner Ansicht nach eine wahrhaft engelsgleiche Geduld hat, lächelt vornehm.

– Ich bedaure, aber ich fürchte nicht. Aber wenn Sie das Bedürfnis haben, eine Nummer zu schieben, einen geblasen zu bekommen oder irgendetwas anderes nach Ihrem Gusto, werde ich sehen, was ich tun kann. Für beide zusammen mache ich einen Sonderpreis.

– Erste Sahne! ruft G. entzückt aus und lässt mich endlich los, um die Hausherrin an sich zu drücken, deren Rock wie durch Zauberhand auf ihre Knöchel hinabgleitet und den Blick auf ein schwarzes Spitzenunterhöschen freigibt mit passenden Strümpfen und Strapsen.

Mein überstürzter Rückzug verhindert, dass ich tieferen Einblick in die Sache nehmen kann. Ich stürze die Treppe hinunter wie ein Steinbock auf der Flucht vor den Wölfen. Nach jeder Etage stellen sich mir tausend neue Fragen:

Ist G. wirklich nur zufällig auf diese Frau gestoßen?

Was ist sie? Gehobene Mittelschicht? Prostituierte? Oder Schauspielerin?

Und gibt es die beiden mutmaßlichen Freundinnen wirklich, oder existieren sie nur in seiner Phantasie? Oder handelt es sich um Prostituierte, die tatsächlich im vierten Stock arbeiten und nur gerade nicht da sind, weil sie Sekt einkaufen? Oder wurde das ganze Spektakel eigens in Szene gesetzt, um mich auf den Arm zu nehmen?

Und was zum Teufel macht in diesem spannenden Abenteuer eigentlich der legendäre Revolutionsheld ‹El Comandante› Che Guevara?

Auf alle diese Fragen werde ich eine Antwort bekommen, falls G. mir irgendwann meine Brieftasche zurückgibt.

9

Keine fünf Minuten nachdem ich G. in das Gebäude gefolgt bin, stehe ich auch schon wieder vor der Tür, wo mich ein ohrenbetäubendes Hupkonzert meines letzten Hörnervs beraubt.

Ein motorisierter Hochzeitskorso mit weißen Türschleifen und Bändern zieht vor meinen Augen vorüber. Leute im Sonntagsstaat schreien und gestikulieren wild. Ich erhasche einen flüchtigen Blick auf das Profil der hässlichen Braut, die den Kopf gesenkt hat. Entweder schmollt sie oder ist längst vor Scham gestorben. Und dazu hat sie auch allen Grund. Ihre Eltern und Freunde versetzen die ganze Stadt in Aufruhr, nur weil ihre Tochter einen Kerl gefunden hat, der Lust hat, sie zu besteigen. Im Vergleich dazu erscheint mir G. geradezu als ein Vorbild an Takt und Diskretion.

Ich habe genug vom Boulevard Delessert und biege in die Rue de la Tour ein, laufe bis Trocadéro, gehe dann auf der Avénue du Président Wilson wieder zurück in Richtung Alma.

Ich habe vor kurzem geträumt, dass ich mit meiner Mutter spazieren gehe, und es war ein genauso schöner, strahlender Nachmittag wie heute. Doch während wir so friedlich Seite an Seite nebeneinander hergingen und sie mir bittersüße Anekdoten von ihrem Aufenthalt auf dem Friedhof erzählte, hatte ich plötzlich einen schrecklichen Verdacht: «Was, wenn es nur ein Traum ist?» Meine Mutter las die Unruhe in meinen Augen und sagte – nicht ohne einen Anflug von Bosheit: «Du fragst dich bestimmt, ob ich echt bin oder ob du träumst. Das lässt sich ganz leicht feststellen: Du brauchst dich bloß zu kneifen. Wenn du nichts spürst, träumst du, und ich bin tot.» Darauf wollte ich es aber nicht ankommen lassen: «Ich will gar nicht wissen, ob du tot bist oder lebst. Hauptsache, du bist da. Ich hab dich lieber so als gar nicht, auch wenn du nicht echt bist.» Gerührt von meiner Antwort, hakte sie sich bei mir ein und löste sich in Luft auf.

Ein andermal, als sie vom Friedhof kam, zwar noch schwach auf den Beinen, aber notdürftig wiederhergestellt, wollte ich sie zum Abendessen in die Stadt ausführen. Widerwillig stimmte sie zu, doch kein einziges Restaurant wollte ihr zusagen. Jeden neuen Vorschlag lehnte sie kategorisch ab mit der Begründung, hier sei das Essen schwer verdaulich, dort seien die Preise unverschämt usw. Also habe ich zu ihr gesagt: «Schon gut, wenn du nicht willst … Dann lass uns doch ins Kino gehen oder ins Theater.» Ihre Schmerzensmiene hellte sich auf. «Was läuft denn gerade im Kino?» Ich blätterte den *Pariscope* durch und stellte ihr verschiedene Filmtitel zur Wahl, doch keiner konnte sie locken. Schließlich verkündete sie: «Weißt du was, geh allein ins Kino. Ich bleibe lieber zu Hause und löse meine Kreuzworträtsel.»

In meinen Träumen erleben Papa und Maman immer noch die verrücktesten Abenteuer. Und manchmal können sie sich nicht auf eine Version einigen, wenn sie vom Jenseits erzählen. Meine Schwester und ich hören ihnen zu, wie sie ihre verschiedenen Standpunkte darlegen und argumentieren, als handele es sich um eine politische Debatte. Und all unsere diplomatischen Bemühungen, eine Einigung zwischen ihnen herbeizuführen, sind vergebens.

Letzte Nacht hatte ich einen Alptraum, in dem ich gestorben bin. Der Augenblick meines Todes war wie ein Sprung ins Wasser mit allen vertrauten Empfindungen: abrupte Änderung der Druckverhältnisse, ein gluckerndes Geräusch, das alle anderen Geräusche erstickt, ein plötzlicher Kälteschock.

Dann trudelte ich in den Tiefen des Meeres inmitten einer Kolonie von kleinen Einzellern umher, die in den Tiefen des Meeres nach Wärmequellen suchte, welche in Form von rötlichen Kugeln – ähnlich wie Bojen – überall verstreut über unseren Köpfen trieben.

Jeder von uns besaß nur ein Quäntchen Bewusstsein, doch wir hatten Zugang zu einem Kollektivbewusstsein, der aber nie lange anhielt und mit dem wir nicht viel anzufangen wussten. Es war für unsere kleine Planktongruppe von lebenswichtiger Bedeutung, in die Nähe dieser fahlen Sonnen zu gelangen, in deren Umgebung aber eine Armee von Raubtieren lauerte. «So sieht also das Jenseits aus», sagte ich, starr vor Verzweiflung. «Welcher grausame Gott mag hier herrschen?»

Die Antwort erreichte mich telepathisch: «Es gibt keinen Gott. Die bestehende Ordnung wurde von den Toten selbst aufgestellt, und ihren Gesetzen müssen wir folgen. Die ältesten Toten haben die besten Plätze. In ein paar Millionen Jahren wirst auch du dich am Licht wärmen können, falls man dich bis dahin nicht gefressen hat.»

Kein einziges Taxi in Sicht!

Ich bin die Seine entlanggegangen bis zum Gare des Invalides in der Absicht, in der Rue de l'Abbé-de-l'Epée ein Glas Wein zu trinken. Der Taxistand ist verlassen, aber nach ein paar Minuten fährt ein Wagen an den Bürgersteig.

Der Fahrer lässt mir gar keine Zeit, ihm mein Fahrziel zu nennen, sondern steigt aus dem Auto – wobei er eine für seine

Ausmaße, die einem Möbelpacker alle Ehre machen würden, erstaunliche Gelenkigkeit an den Tag legt – und schließt es ab.

– Ich muss dringend pissen gehen, sonst platzt meine Blase.

Er eilt in Richtung Toiletten.

– Fahren Sie mich, wenn ich auf Sie warte?

Er verschwindet hinter der Toilettentür, ohne sich umzudrehen.

Ich deute das als Zusage und stelle mich brav neben dem Auto auf.

Von einer Sekunde auf die andere wimmelt der Platz plötzlich von Reisenden, die soeben einem Bus entstiegen sind, der vom Flughafen kam. Sie stürzen auf mich zu, rütteln an den Türgriffen, die sich nicht öffnen lassen, und ziehen an meiner Jacke.

Den ersten Ankömmlingen erkläre ich noch ausführlich, dass ich nicht der Taxifahrer bin, dass ebenjener gerade einem dringenden Bedürfnis nachkommt, dass ich genau wie sie ein einfacher Kunde bin, und zwar der erste in der Warteschlange.

Als ich aber merke, dass diese ermüdenden Erklärungen auf völlige Verständnislosigkeit stoßen, verzichte ich bald darauf und verlege mich auf die Rolle des unwilligen Taxifahrers, der sich beharrlich weigert, seine Kunden zu befördern.

Standhaft verschließe ich mich Flehenden und Fluchenden gleichermaßen und begnüge mich damit, schadenfroh lächelnd den Kopf zu schütteln.

Ich genieße es wie ein Feinschmecker, beobachten zu können, wie sich hoffnungsstrahlende Gesichter verfärben, wie sich das liebreizende Antlitz der Freundlichkeit übergangslos in eine hasserfüllte Fratze verwandelt.

In den Augen dieser mir völlig unbekannten Menschen verkörpere ich die Figur des Schicksals, den Zufall, den Erfolg, die Macht.

Nachdem auch noch ein zweiter Bus angekommen ist, rollen sie wellenartig an mich heran und brechen sich nacheinander am Fels meines unbeugsamen Willens.

Zunächst bin ich für diese potentiellen Taxikunden nichts weiter als ein nützlicher Funktionsträger, um den sich ein Streit entwickelt, angefacht durch heftiges Konkurrenzverhalten.

Die Idee einer möglichen Verweigerung meinerseits streift sie zunächst nicht einmal von ferne. Sobald sie aber mit ihr konfrontiert werden, greifen sie zu sämtlichen ihnen zu Gebote stehenden Mitteln, um mich gegen meinen Willen dienstbar zu machen. Sei es durch Verführung, Demütigung, Bestechung oder Einschüchterung.

Ein Herr in den Fünfzigern droht mir sogar mit der Polizei.

Er behauptet, ich sei verpflichtet, mich ihm zur Verfügung zu stellen. Ich zucke nur mit den Achseln.

Meine Gleichgültigkeit erbost ihn dermaßen, dass er sich zu den wüstesten Beschimpfungen hinreißen lässt.

Eine nicht mehr ganz junge Blondine zwischen zwei nicht ganz leichten Koffern stellt mir eine Entschädigung in Naturalien in Aussicht. Als auch ihr Versuch erfolglos bleibt, beschimpft sie mich als impotenten Päderasten.

Die Rufe vermischen sich:

– Da, ein freies Taxi!

– Ich hab's zuerst gesehen!

Und dann die Schreckensnachricht:

– Er fährt nicht.

– Warum nicht?

– Was weiß ich! Taxifahrer eben! Wahrscheinlich hat er schlecht gefrühstückt.

– Das macht der nur, um uns zu ärgern!

– Die wollen doch alle nicht mehr arbeiten.

– Sind die im Streik?

– Dem ist alles scheißegal!

– So ein egoistisches Arschloch!

Ich rühre mich nicht von der Stelle, bleibe an die Kühlerhaube angelehnt stehen, damit ich mein Privileg als Erstankömmling nicht verliere: Es könnte ja sein, dass der Taxifahrer mich mit den anderen in einen Topf wirft.

Man erzählt mir herzzerreißende Geschichten von hilflosen alten Leuten, die zu Hause warten, von halb verhungerten Hunden und kranken Kindern. Ganze Geldscheinbündel hält man mir unter die Nase.

Ach, Taxifahrer haben es gut, vor allem während der Stoßzeiten!

Noch nie hat man bei mir mit vergleichbarer Vehemenz einen Text oder eine Zeichnung eingefordert.

Kultur gehört eben nicht zu den Bedarfsgütern erster Ordnung.

Da endlich kommt der Taxifahrer wieder und knöpft sich im Herannahen noch die Hose zu.

– Ah, jetzt geht's mir wieder besser, seufzt er, indem er mir unter den hasserfüllten Blicken der anderen die Wagentür aufmacht. Ich hoffe, Sie haben sich nicht gelangweilt.

– Nein, sage ich wahrheitsgemäß. Es war mir ein echtes Vergnügen.

Ich lümmele mich auf meinem Sitz und fühle mich, als hätte ich im Lotto gewonnen.

Ich habe übrigens noch nie einen Lottogewinner kennen gelernt. Wahrscheinlich gibt es diese Leute gar nicht. Und alle, die behaupten, einen zu kennen, haben sich bloß verschaukeln lassen. Ich bin davon überzeugt, dass die französische Klassenlotterie arbeitslose Schauspieler engagiert, die sich gegen ein kleines Entgelt und das feierliche Versprechen, ihr Geheimnis mit ins Grab zu nehmen, als glückliche Lottogewinner ausgeben.

Ich betrachte den Nacken des Fahrers, der kräftig ist wie der eines Sicherheitsbeamten. Vielleicht ist er gar kein Taxifahrer.

Letzten Sonntag gegen sechs Uhr abends brauchte ich ein Taxi, um nach Hause zu fahren. Am Taxistand in Mabillon stand nur ein einziger Wagen.

Ich öffnete die Tür und sah, dass ich den Fahrer kannte: ein begabter polnischer Graphiker, der nach Paris gekommen war, als in Polen das Kriegsrecht verhängt wurde. Offenbar macht er auch schwere Zeiten durch.

Ich frage ihn, ob er frei ist, und er bejaht.

– Kann ich mich neben dich setzen?

– Klar.

Ich sage ihm meine Adresse, und wir fahren los.

– Hast du mit der Graphik aufgehört?

– Die Zeitschrift, bei der ich gearbeitet habe, hat Pleite gemacht.

Wir unterhalten uns über Ausstellungen und über Bücher. Ein typisches Fachgespräch unter Kollegen. Am Ziel angelangt, fragt er mich, ob er mit mir hochkommen oder auf mich warten soll. Ich würde ihn ja gerne noch auf ein Glas zu mir einladen, aber ich bin fix und fertig.

Ich erkundige mich nach dem Fahrpreis, weil ich nirgendwo einen Taxameter entdecken kann.

– Du brauchst mir doch nichts zu bezahlen, bloß weil ich dich ein Stück mitgenommen habe! Das ist doch nicht dein Ernst!

– Doch, klar. Du fährst Taxi, und ich bezahle dich dafür. Ist doch ganz normal.

– Was ist los? Ich fahr kein Taxi!

– Und warum fährst du dann *in* einem Taxi?

– Siehst du hier irgendwo einen Taxameter? Nein! Das hier ist kein Taxi!

– Aber du hattest an einem Taxistand geparkt.

– Kann schon sein. Ich hab gegenüber vom Tabakgeschäft gehalten, weil ich Zigaretten kaufen wollte.

– Aber ich hab dich doch gefragt, ob du frei bist!

– Ich dachte, um was essen oder trinken zu gehen. Und als du mir deine Adresse genannt hast, dachte ich, dass wir zu dir gehen.

Wir verabschieden uns und gehen in einträchtiger Verwirrung auseinander.

Das laute und aufdringliche Geräusch der Taxi-Zähluhr überzeugt mich, dass ich diesmal richtig liege.

Die Ampeln sind gegen uns, jedes Mal springen sie auf Rot.

– Haben Sie einen bevorzugten Weg zur Rue de l'Abbé-de-l'Epée?

Ich nenne ihm den, der mir am logischsten erscheint.

– Dann fahre ich woanders lang.

– Warum denn? Was passt Ihnen denn an meinem Weg nicht? Ruft er bei Ihnen schlechte Erinnerungen wach?

– Nein, Monsieur, ich handele nur in Ihrem eigenen Interesse. Wenn Sie normalerweise einen bestimmten Weg fahren, halte ich es für vernünftig, zwischendurch mal einen anderen zu nehmen.

– Nur um mir zu widersprechen?

– Zu Ihrer eigenen Sicherheit! Gewohnheit führt zu Routine. Wenn Sie jeden Tag zur selben Uhrzeit dieselbe Strecke fahren, können Sie davon ausgehen, dass Ihre Feinde Ihnen genau dort auflauern werden. Um den Hinterhalt zu zerschlagen, muss man die Routine durchbrechen.

– Es gibt niemanden, der mir derart übel gesinnt wäre.

– Glauben Sie! Hat man noch nie versucht, Sie umzubringen?

– Sicher, aber da war ich noch klein.

– Waren Sie denn nicht beim Militär?

– Nein, vor dem Algerienkrieg konnte ich mich erfolgreich drücken. Ich wurde ausgemustert.

– Als Zivilist lebt man weitaus gefährlicher denn als Soldat. Im Krieg wird erst zweimal hingeguckt, bevor man auf einen Soldaten schießt, denn der ist genauso bewaffnet wie man selbst. Wer ein Gewehr hat, der kann es auch benutzen. Aber vor den Zivilisten haben sie keine Angst. Die knallen sie ab wie die Hasen, nur so zum Spaß. Auf mich hat man auch schon geschossen, weil ich Zivilist war. Aber ich war clever und konnte ihnen entwischen. Und das wird Ihnen auch gelingen, indem Sie systematisch Ihre Gewohnheiten ändern. Die glauben, dass Sie am Boulevard Saint-Germain vorbeifahren? Die liegen an der Ecke zum Boulevard Saint-Michel im Hinterhalt? Da können sie lange warten! Wir fahren über den Luxembourg!

Ich lasse ihn machen.

– Was sind Sie eigentlich von Beruf?, fragt mein paranoider Taxifahrer mich.

Ich erzähle ihm von meiner neuesten Berufung zum Landschaftshüter.

– Recht haben Sie: Ab einem bestimmten Alter sollte man ein Anrecht auf Denkmalschutz haben, restauriert und instand gehalten werden, um die eigenen Erinnerungen aufs Beste konservieren zu können. Nur müssten Sie sich dann gleichzeitig zu öffentlichen Rundgängen verpflichten für Touristen, Studenten und Schüler. Und das zu jeder Tages- und Nachtzeit. Grauenhafte Vorstellung!

– Den Status eines historischen Monuments beanspruche ich gar nicht; ich bin bloß eine zarte Landschaft.

– Wissen Sie, Monsieur, ich sehe zwar nicht so aus, aber mein Vater war ein berühmter russischer Balletttänzer.

– Aber Sie haben gar keinen Akzent.

– Ich habe meine Kindheit in der Bretagne verbracht und in der Schweiz studiert.

– Wie hieß Ihr Vater denn?

– Darüber möchte ich lieber nicht sprechen. Nach seinem Tod habe ich eine kleine Insel in der Bucht von Douarnenez von ihm geerbt. Papa hatte dort ein Hotel bauen lassen mit einem eigenen Theatersaal, eine prunkvolle Residenz inmitten eines großen Parks, die aber seit einem halben Jahrhundert vernachlässigt worden und von der Vegetation überwuchert war. Man kam sich vor wie im tropischen Regenwald. Ich hatte die Absicht, das Gebäude renovieren zu lassen, um dem Ort seinen ursprünglichen Glanz wiederzugeben. Also beauftragte ich einen Bauunternehmer mit der Erstellung eines Kostenvoranschlags. Völlig hingerissen von der paradiesischen Umgebung, rief er aus: «Ist das schön hier! Hier will ich den Rest meines Lebens verbringen!» Kaum hatte er das gesagt, fiel er tot um, hingerafft von einem Schlaganfall.

– Da ist sein Wunsch ja in Erfüllung gegangen. Ist er an Ort und Stelle begraben worden?

– O nein, man muss ja nicht gleich übertreiben! Außerdem, selbst wenn ich gewollt hätte, das wäre gar nicht gegangen. Die Steuern haben meine Insel aufgefressen, und seitdem bin ich genötigt, diesem armseligen Gewerbe nachzugehen.

10

Ende der sechziger Jahre war ich für kurze Zeit regelmäßiger Gast im Café «Les Pipos», dessen Name an die Studenten der Polytechnischen Hochschule erinnern sollte, die sich genau gegenüber befand.

Aber eigentlich war es nur eine billige Spelunke, die von einem schrulligen Pärchen geführt wurde, das den infernalischen Tiefen der französischen Provinz entstammte. Des Haushalts ganzer Stolz war ein Basset, ein abscheulicher Köter, der zwar schwach und hinfällig, aber trotzdem bösartig war; allmächtig und schwergewichtig regierte er wie ein Gott auf Erden.

Wehe dem Unglücklichen, der sich erdreistete, das Tier mit einem allzu heftigen Stoß von der Bank zu vertreiben, auf die es sich mühsam hochgehievt hatte, um ein Stück Zucker zu erhaschen: Er zog den ewigen Zorn von Hund und Besitzern auf sich.

Jean-Mi hat die Stätte übernommen und 1993 aufgrund seines anspruchsvollen Weinangebots den *Prix du Meilleur Pot* gewonnen, dann hat er dem Montagne-Sainte-Geneviève den Rücken gekehrt und das «Mauzac» in der Rue de l'Abbée-de-l'Epée aufgemacht. Hier kommt eine bunt gemischte Kundschaft verschiedenster Weinliebhaber in den Genuss erlesener Jahrgänge zu gemäßigten Preisen.

Feste sind nicht selten und die Öffnungszeiten flexibel. Hier habe ich schon einige Flaschen geleert, in der Gesellschaft rund eines Dutzends treuer Stammgäste ebenso wie mit zahllosen Gelegenheitsgästen.

Zu ganz besonderen Anlässen spielt ein belgischer Akkordeonist und singt Lieder, die gerade populär sind.

Heute ist das nicht der Fall.

Der Fährmann mit seiner ewigen blauen Mütze auf dem Kopf kneift die Augen zusammen, um sich vor der Gischt der lebhaften Diskussion zu schützen, die um den natürlichen Unterschied zwischen dem männlichen und dem weiblichen Geschlecht entbrannt ist.

Der Ingenieur, wie immer sehr englisch in seinem beigen Tweed-Dreiteiler, hat sein gewohntes Phlegma überwunden und geht sogar so weit, dem Maler auf die Schulter zu klopfen, dessen Wampe sich auf dramatische Weise verflüchtigt hat, seit er sich dieser Abmagerungskur unterworfen hat.

Hinter der Theke muss sich der Große, der die Kundschaft um mindestens zwei Köpfe überragt, hinunterbeugen, um den Chemiker zu verstehen, der – in Jeanshose und -jacke – einen leidenschaftlichen Vortrag hält, während Jean-Mi, zwischen der Kasse und dem alten Grammophon, an seiner erloschenen Pfeife nuckelt.

Nach der üblichen Begrüßung nimmt der Chemiker, der gerade aus Florenz zurückgekommen ist, seine Erzählung wieder auf.

– Also, der Schreinerlehrling stellte einen Antrag auf staatliche Unterstützung, um sich einer kostspieligen Hormonbehandlung zu unterziehen, die von einem amerikanischen Forschungslabor entwickelt worden war. Er begründete den Antrag damit, dass er eine deutliche Tendenz zur Homosexualität verspüre, dass sich seine Brustpartie verändere, weicher werde und eine rundliche Form anstrebe. Er hoffe, dass die Medikamente, von deren Existenz er in einer populärwissenschaftlichen Zeitschrift erfahren habe, ihm helfen würden, zu einer normalen Sexualität zurückzufinden, und ihn so vor sozialer

Ausgrenzung bewahren könnten. Die kommunistische Stadtverwaltung von Florenz, der die Bewältigung sozialer Probleme mehr am Herzen lag als die Behandlung hormoneller Störungen, lehnte seinen Antrag ab. Hilfe suchend wandte er sich nacheinander an verschiedene Instanzen, mit ebenso geringem Erfolg, sodass er schließlich einen Brief an Pertini schickte, den damaligen Präsidenten der Republik. Pertini, ein offener, sympathischer Mann, der in ganz Italien beliebt war, nahm Anteil am Schicksal des jungen Mannes und beschloss, einen Ausnahmefall zu schaffen und ihm die Unterstützung zu gewähren. So kam der Lehrling in den Genuss der von ihm gewünschten Behandlung, und zwar mit allen Schikanen. Leider verhielt sich die erzielte Wirkung diametral entgegengesetzt zu seinen Erwartungen. Auf einmal hat der Lehrling eine Oberweite wie Jayne Mansfield und ist gleichzeitig stockschwul. In einem Anfall von Tobsucht, gepaart mit jugendlichem Leichtsinn, strengt er einen Prozess gegen die italienische Regierung an und macht sie für sein Unglück verantwortlich, das durch die unselige Unterstützung herbeigeführt worden ist. Dem amerikanischen Forschungsinstitut unterstellt er, ihm versehentlich weibliche statt männliche Hormone verabreicht zu haben. Aber was kann ein kleiner Schreinerlehrling schon ausrichten gegen ein mächtiges ausländisches Forschungslabor? Also fordert er von Pertini Schmerzensgeld und überlässt es ihm, sich das Geld von dem kriminell fahrlässigen Labor zurückzuholen.

Das Telefon klingelt und der Große geht, um abzuheben. Jean-Mi, eine Flasche *Margon-Alte-Rebe* in der einen und den Korkenzieher in der anderen Hand, erwartet mit Spannung das Ende der Geschichte, damit er endlich die Flasche öffnen kann.

– Hat er gewonnen?

– Nein, wo denkst du hin?, antwortet der Chemiker und stellt dabei seinen gesunden Menschenverstand unter Beweis, der mich an die Bauernschläue des Taxifahrers erinnert. Man hat ihn zum Teufel gejagt.

– Und was macht er jetzt?

– Er geht im Nuttenviertel auf den Straßenstrich. Ist ein richtiger Vollblut-Transvestit geworden, fett wie ein Schwein, das mit Hormonen gefüttert wurde. Aber dafür hat ihn der Prozess gegen die Regierung berühmt gemacht. Er hat sogar einen eigenen Sessel, auf dem er mitten auf der Straße vor dem Stundenhotel auf Kunden wartet, umgeben von einem Hofstaat von Jungen und Mädchen, die ihm aufwarten.

– Wenn man daraus einen Film machen wollte, müsste man den aber von Florenz nach Neapel verlegen, das verleiht dem Ganzen mehr Lokalkolorit.

– Ja, die Geschichte ist zu halbseiden für Florenz.

– Im Grunde ist Neapel die eigentliche Hauptstadt Italiens, aber alle anderen italienischen Städte haben sich gegen sie verschworen und es geschafft, sie auszustechen.

– «Eine Stadt, der man nachsagt, korrupt zu sein und doch unbestechlich.»

– Viel zu weit im Süden!

– Eine Mailänderin hat mir erzählt: «Als ich das erste Mal nach Neapel gefahren bin, dachte ich, ich bin in Kabul gelandet.»

Ein Engel unbestimmten Geschlechts geht vorüber. Wir geraten ins Schwärmen darüber, welche Geheimnisse unser philosophischer Intellekt zu erfassen in der Lage ist, und überlegen – ein bisschen konkreter – wie wir es anstellen würden, dem Staat finanzielle Unterstützung zu entlocken.

Der Maler bricht das andächtige Schweigen, indem er das hervorragende Organisationstalent der Italiener lobt.

– Sie werden zu Unrecht für Chaoten gehalten, denn sie werden niemals von der Realität eingeholt. Organisation bedeutet improvisieren können. Sie haben einen Sinn fürs Theater, und wo sonst zeigt die Wirklichkeit zuweilen ihr wahres Gesicht, wenn nicht auf dem Theater? Nehmen Sie z. B. die Deutschen: Die haben ihren guten Ruf in der Theaterwelt ganz zu Unrecht. Zwar setzen sie eine ungeheure Maschinerie in Gang, doch beim kleinsten unvorhergesehenen Zwischenfall bricht alles zusammen.

– Und was ist mit den Franzosen?

– Die schaffen es immer irgendwie, sich aus der Affäre zu ziehen.

– Auf jeden Fall liegen ihre Prioritäten anderswo. Die Gastgeberin hat das Abendessen anbrennen lassen? Aber dafür war sie wieder ausgesprochen elegant in ihrem Abendkleid von Herrn Couturier Soundso. Es gab nicht genug Stühle? Aber der Freund des Hauses war so witzig und geistreich! Wenn das Essen grauenvoll war, so waren die Gäste brillant. Wenn aber die Ehrengäste abgesagt und der Rest sich zu Tode gelangweilt hat, war die Küche wahrscheinlich exzellent.

– Alles in allem sind sie nun mal Optimisten.

– Aber nicht so wie die Italiener!

– Die Italiener erwarten mehr vom Leben als die Franzosen, die viel zu viel Angst davor haben, sich lächerlich zu machen, als dass sie große Ansprüche hätten.

Stimmt, diese Unterhaltung ist nicht gerade anspruchsvoll. Sie dient uns lediglich als Vorwand dafür, zusammenzusitzen und unseren Durst zu löschen.

Allgemeinplätze, Meinungsaustausch und Anekdoten sind das Unkraut, das auf brachliegenden Feldern gedeiht; kräftige Pflanzen, die zuweilen herrliche, aber nutzlose Blüten hervorbringen. Arbeiten will hier keiner. Geniale Einfälle, Wortspiele und treffende Sprüche fließen einfach so zusammen, ohne dass irgendjemand Anspruch auf Autorenschaft erhebt.

Da die Beine langsam schwer werden, setzen wir uns an drei zusammenstehende Tische und beginnen den «kleinen Aufstieg», unseren beliebten Sport, bei dem wir nacheinander verschiedene Weine auf Wirksamkeit und Qualität testen.

Mittlerweile ist der Raum voll von Studenten und Stammgästen aus der Nachbarschaft. Zwei holländische Touristen versuchen sich am Côte du Rhône.

An seinem Stammplatz an der Theke bleibt der einsame Serbe, der früher der Jugoslawe hieß, beim Bier.

Die Ärzteschaft empfiehlt, am Tag mindestens zwei Liter Wasser zu trinken.

Aber die Vorstellung, zwei Liter dieser langweiligen, farb- und geschmacklosen Flüssigkeit konsumieren zu müssen, ruft beim Menschen eine solche Abneigung hervor, dass er – der zuweilen einen erstaunlichen Erfindungsreichtum an den Tag legt – eine schier unerschöpfliche Anzahl von Getränken ersann, die dem Wasser deutlich vorzuziehen sind, die allerdings bei strengen Moralaposteln im Ruf stehen, eine toxische Wirkung zu haben.

Aber auch das Wasser birgt Gefahren.

Bei mehr als drei Litern weicht es die Zellen auf und zerstört sie, «genau wie ein Brot, das nass wird», hat mir einmal ein Neurologe erklärt. Es ist noch gar nicht so lange her, da hat sich eine ganze Familie von religiösen Fanatikern mit Wasser umgebracht, um für Gott weiß was für schreckliche Sünden zu büßen. Der Konsum von fünf Litern Wasser innerhalb einer Stunde hat ausgereicht. Denn gegen Wasser wehrt sich der Körper nicht. Unter diesen Umständen stellen fünf Liter Bier tatsächlich ein geringeres Risiko dar.

– Ich schmeiß eine Runde!

Geschickt verteilt Jean-Mi den Inhalt einer Flasche auf zehn frische Gläser, die in einer Reihe auf der Theke stehen. Er will uns ein Rätsel aufgeben.

– Ich habe einen Kunden, der treibt mich in den Wahnsinn. Er bestellt immer ein komplettes Menü, aber rührt es nicht an.

– Vielleicht schmeckt es ihm nicht.

– Vielleicht ist er krank.

– Vielleicht trinkt er lieber.

– Wein bestellt er auch, aber er trinkt niemals auch nur einen Tropfen. Und wenn ihm der Geruch des Essens nicht zusagen würde, käme er doch nicht immer wieder. Er war jetzt schon ungefähr zehmal da. Er bestellt eine Vorspeise, dann Fleisch oder Fisch und danach ein Dessert, und jedes Mal lässt er die Teller unberührt zurückgehen. Ich streiche um seinen Tisch herum, um herauszufinden, was ihm nicht passt. Er ist stets sehr höflich, versichert mir, dass alles in Ordnung sei, verlangt die Rechnung, bezahlt und geht, und dabei macht er immer einen sehr zufriedenen Eindruck. Das Ganze ist mir ein Rätsel. Dabei ist unsere Küche doch wirklich erstklassig!

Wir entwickeln allerlei Hypothesen, eine wunderlicher als die andere, aber keine ist auch nur annähernd überzeugend. Auch ich biete einen Lösungsvorschlag an:

– Vermutlich handelt es sich um jemanden, der seine Frau verlassen will. Obwohl er längst aufgehört hat, sie zu lieben, kann er sich nicht von ihr trennen, weil sie so ein köstliches Cordon bleu zubereitet. So schiebt er die Flucht mit seiner Geliebten noch auf, denn diese kann nicht mal weiche Eier kochen. Er kommt nur in dein Lokal, um seinen Willen zu stärken und seine Fähigkeit auf die Probe zu stellen, den Versuchungen einer guten Küche zu widerstehen. An dem Tag, an dem es ihm gelingen wird, dir beim Abräumen zuzusehen, ohne dass er einen Stich im Herzen verspürt, wird er auch so weit sein, seine Frau verlassen zu können.

Dieser etwas sentimentale Erklärungsversuch stößt auf allgemeine Zustimmung und veranlasst Jean-Mi, den Inhalt einer weiteren Flasche mit dem Umfüllen in die Karaffe zu beehren. Während das Gespräch die Hölle des Geschlechterkampfs dem Himmel der Gaumenfreuden gegenüberstellt, greife ich die Geschichte im Stillen noch einmal auf und verändere Figuren und Ort. Vor meinem geistigen Auge erscheint ein zutiefst unglücklicher Gastwirt, dem die Neugier keine Ruhe lässt und der sich daher entschließt, den wahren Hintergründen des seltsamen Verhaltens seines Kunden auf die Spur zu kommen. Als einmal der Gast seine Rechnung gerade bezahlt hat, schleicht der Wirt zum Hinterausgang hinaus, wartet in einer Autoeinfahrt, um ihm aufzulauern, und verfolgt ihn bis nach Hause. Er erfindet einen Vorwand, um mit der Ehefrau zu sprechen (z. B. eine Unterschriftensammlung gegen die Rattenplage), und stellt fest, dass die Frau ganz nach seinem Geschmack ist. Sie erzählt ihm von der schwindenden Liebe ihres Mannes und von ihren kulinarischen Bemühungen, ihn zu halten. Der Gastwirt ist Junggeselle und sehr empfänglich für ihre Reize, während seine Avancen sie ebenfalls nicht kalt lassen. Mit anderen Worten, sie sind wie füreinander geschaffen.

Sie verlässt ihren Gatten, der es nicht fassen kann, dass sie ihm zuvorgekommen ist, und übernimmt die Stelle der Köchin im Restaurant, das dank ihrer Kochkünste seinen ersten Stern erhält. Ihre Liebe ist perfekt, während der Exmann an der Seite seiner Geliebten in der Trostlosigkeit kulinarischer Entsagung dahinvegetiert. Bei der ersten Gelegenheit, die sich ihm bietet, schleicht er sich davon, um sich im Restaurant seiner

Exfrau, deren Verlust er mittlerweile zutiefst bedauert, den Bauch voll zu schlagen.

Die Ankunft des Dichters, eines großen Kerls mit quadratischem Kinn, einer dichten braunen Mähne, Hinkefuß und Sonnenbrille, unterbricht meine Liebesgeschichte.

Nun trägt der Dichter aber nie eine Sonnenbrille und hinkt normalerweise auch nicht.

– Bist du inkognito hier?

– Hat der eifersüchtige Ehemann wieder zugeschlagen?

Man stellt ihm ein Glas hin, das er mit Kennermiene leert.

– Ein Côteaux d'Aix?

– Domaine de l'Hauvette, 1990, verkündet Jean-Mi. Nimm die Sonnenbrille ab, dann kannst du den Wein besser sehen!

Er gehorcht. Sein linkes Auge ist rot und geschwollen.

– Hast du dich geprügelt?

– Ach was! Ich wollte mir eine Strähne aus dem Gesicht streichen und hab mir dabei selbst einen Fausthieb versetzt. Ja, lacht nur. Ich und mich prügeln!

– Und was ist mit deinem Bein? Wolltest du da deinen Sack hochziehen?

Er verzieht das Gesicht zu einem freudlosen Lächeln.

– Macht euch nur lustig. Ich wollte die Tür von meinem Appartement mit dem Fuß zutreten und bin mit dem Schienbein gegen den Türrahmen geknallt.

– Kannst du dich so wenig leiden?

– Ich hasse mich!

Dieses Geständnis verblüfft uns zutiefst. Auf einmal ernüchtert, tauschen wir bedeutungsvolle Blicke aus und warten darauf, dass er uns sein Leid klagt. Jeder von uns kennt das Gefühl, vor dem Spiegel zu stehen und dem Todfeind ins Antlitz zu schauen.

– Letzte Woche traf ich zufällig Mathilde, eine Frau, mit der ich ein paar Monate zusammengelebt habe, als ich gerade nach Paris gekommen war. Damals war sie eine hübsche Brünette, die Sanskrit am Institut für orientalische Sprachen lernte. Wir hatten uns zwanzig Jahre nicht gesehen, aber ich habe sie sofort wiedererkannt. Die Trennung von ihr war eine der schlimmsten meines Lebens. Ich war am Boden zerstört, völlig hilflos und mit der Situation überfordert. Die Zukunft erschien mir wie ein großes schwarzes Loch. Sie behandelte mich ziemlich mies und von oben herab. Für sie war ich ein Nichts, der Inbegriff eines Versagers, weniger wert als Fliegendreck. Als wir uns dann auf der Straße trafen, hatten wir es beide sehr eilig und verabredeten uns deshalb zum Essen, um uns ein bisschen länger darüber zu unterhalten, was aus jedem von uns geworden war. Ich hatte absolut nichts dagegen, ihr zu beweisen, dass ich es zu mehr gebracht hatte, als sie für möglich gehalten hätte. Ich wollte ihr die Bände mit meinen veröffentlichten Gedichten zeigen, aber auch Neuigkeiten über gemeinsame Freunde austauschen, von ihr erfahren, was sie jetzt so machen. So weit, so gut. Wir verabredeten uns gestern Abend um neun Uhr im «Passavent». Ich hatte noch zu arbeiten und kam deshalb eine halbe Stunde zu spät. Und stellt euch vor, sie macht mir dieselbe Szene wie vor zwanzig Jahren, ach was, noch schlimmer. Es gelang mir nicht, auch nur ein Wort zu meiner Verteidigung vorzubringen. Sie hatte sich bloß auf dieses Abendessen eingelassen, um sich davon zu überzeugen, dass sie vor zwanzig Jahren Recht gehabt hatte. Nicht nur, dass sie keine der besagten Eigenschaftswörter, mit denen sie mich damals bedacht hatte, zurücknahm, sie fand auch noch, dass diese viel zu schwach gewesen seien. So hat mich noch nie jemand behandelt. Das ist blanker Hass, das sage ich euch. Und Hass ist ansteckend. Noch gestern Abend hab ich mir selbst aufs Auge geschlagen, und heute Morgen habe ich mir das Schienbein zertrümmert. Ihr braucht mich nicht zu bedauern, ich hab es nicht besser verdient.

– Wie ist sie denn so, diese Mathilde? Ist sie noch hübsch?

– Nein, hässlich. Was anderes kriege ich nicht ab.

Ach, Trennungen!

Was wird einem nicht alles vorgeworfen, wenn das geliebte Wesen auf einmal die Fronten wechselt und zum Zeugen der Anklage mutiert! Unbedeutende Zwischenfälle, ein längst vergessener Satz, eine flüchtige Geste werden zu erdrückenden Zeugnissen schmachvoller Verfehlung.

Da kann man sich noch so leidenschaftlich verteidigen: «Wenn ich wirklich so schrecklich war, wie du sagst, wieso hast du es dann überhaupt so lange mit mir ausgehalten? War das Verblendung oder Liebe? Und wenn du mich geliebt hast, warum liebst du mich jetzt nicht mehr, obwohl ich noch derselbe bin?»

Alles vergebene Liebesmüh! Die Anklage ist niederschmetternd. Sie zeichnet das Bild eines menschlichen Wurms, eines Wesens ohne Geist und Charme, das egoistisch, rachsüchtig, sexbesessen und von unermesslicher Faulheit ist.

Und so verunstaltet, so abstoßend diese Darstellung auch sein mag, man erkennt sich doch wieder. Und mit so einem Monster soll man künftig in derselben Haut stecken? Am liebsten würde man sich selbst verlassen, genauso wie der andere das tut.

Wir rücken ein bisschen enger zusammen, um Platz zu machen für Lorraine und Brigitte. Stühle werden verschoben, Gläser gehen zu Bruch und Küsschen werden verteilt.

Lorraine sieht reizend aus mit ihren klugen Studentinnenaugen. Ihr Gesicht hat etwas Kindliches, die Augen sind mandelförmig und haben lange dunkle Wimpern, ihr Mund ist von Lachfältchen umgeben, und ihre schlanke Gestalt strahlt die für Studentinnen typische Anmut aus, obwohl Lorraine ihr Medizinstudium schon vor einiger Zeit abgeschlossen hat. Gleichgültig gegenüber der Leidenschaft, die sie entfacht, gilt ihr ganzes Interesse den Fledermäusen in ihrem Labor im Saint-Louis-Krankenhaus, wo sie Immunologie-Forschung betreibt.

Brigitte dagegen ist von zarterer Statur und strengerem Wesen und sieht mit ihrer Brille und dem Haarschnitt aus wie eine Cutterin beim Film. Sie ist auch Cutterin, aber schon seit einiger Zeit arbeitslos.

Ein paar Worte genügen, und schon steuert sie ihre Geschichte zum Thema Trennung bei.

– Drei Jahre habe ich mit dem Vater meiner Tochter zusammengelebt, einem Tontechniker, der jetzt in Marseille lebt. Eines Tages sagte ich zu ihm: «Mach das Fenster auf, ich ersticke.» Ich hab tatsächlich kaum Luft gekriegt. Er antwortete: «Aber Schatz, das Fenster ist doch schon offen.» Da war mir dann alles klar. «Wenn das so ist, dann muss es wohl an dir liegen, dass ich nicht atmen kann.» Und ich nahm meine Tochter und ließ ihn sitzen. Ich hatte gar nichts gegen ihn. Es war rein physisch, ich kriegte einfach keine Luft.

– Ich hatte mal ein Abenteuer mit einer verheirateten Schweizerin, warf der Maler ein. Ein tolles Mädchen, sehr sportlich, schlau und total in mich verknallt. Sie wollte sich scheiden lassen, um mich zu heiraten, und ich hatte nichts dagegen. Mit ihrem Mann lief es sowieso nicht so gut; sie hat ihn behandelt wie den letzten Dreck. Die Art und Weise, wie sie ihn heruntermachte, war geradezu abstoßend. Ich hatte zwar keinen Anlass, ihn besonders zu bemitleiden; ich kannte ihn ja nicht mal. Aber es gibt ja Grenzen. Bis ins kleinste Detail tischte sie mir auf, wie sie ihn zum Narren hielt, ihm die fadenscheinigsten Ausreden unterjubelte, wenn sie sich mit mir traf. Ich dachte mir: «Der Typ muss ein Masochist sein, anders kann ich mir nicht erklären, dass er sich zum Hampelmann machen lässt, ohne sich zu wehren.» Bei mir war sie der Charme und die Sanftmut in Person. Ihn aber wollte sie leiden lassen, er hatte ein Recht auf eine ganz spezielle Behandlung. Wenn sie mal allzu grausam wurde, kam es zuweilen vor, dass ich seine Partei ergriff: «Jetzt übertreibst du aber, es sieht fast so aus, als wolltest du dich für irgendetwas rächen. Wofür? Hast du einen Grund, von dem ich nichts weiß? Keinen? Dann verlass ihn, aber hör auf, ihn zu quälen!» Nachdem sie sich von ihm getrennt hatte und mir erzählte, wie das vonstatten gegangen war, habe ich mich von ihr getrennt.

– Hast du ihren Mann irgendwann kennen gelernt?

– Nein.

– Schade, ihr wärt bestimmt ein schönes Paar geworden!

– Kennt ihr eigentlich meine Schwester?, fragte der Fährmann.

Einige sagten ja, andere nein.

– Da sie viel allein zu Hause war, hat sie sich die Zeit mit dem Wälzen metaphysischer Probleme vertrieben und sich schließlich in humanitäre Arbeit gestürzt. Sie war in Somalia, Kambodscha und Bangladesch, und als sie nach Paris zurückkam, hat sie angefangen, sich um Krebskranke im Endstadium zu kümmern.

– Nicht unbedingt lustige Urlaubsorte.

– Ganz schön moralisch, deine Schwester.

– Sie sagt, dass sie viel dabei lernt und dadurch ihr Gleichgewicht wieder findet.

– Hut ab!

– Man nennt das «Begleiterin», weil sie die Sterbenden bis zum bitteren Ende begleitet.

– Da muss sie ja ein heiteres Gemüt haben.

– Vor kurzem musste sie sich um einen amerikanischen Milliardär kümmern, der solche Institutionen finanziert. Eine Art Sponsor oder so. Das war ein richtiger Bonze, ein texanischer Lebemann, ein Liebhaber der französischen Küche und ein Weinkenner. Drei Tage lang sollte sie ihn durch Paris begleiten, ihn in die kleinen Bistros und die großen Restaurants führen, mit ihm einen Einkaufsbummel durch die Geschäfte machen und abends in den erlesensten Nachtclubs mit ihm Händchen halten. Das war eine verantwortungsvolle Aufgabe, denn schließlich hing von ihrem Erfolg die Höhe der finanziellen Zuwendung ab. Nun, trotz allerbester Absichten ist meine Schwester gescheitert. Zu viele Delikatessen, zu viele edle Weine, zu viel Schnaps und zu viele durchzechte Nächte. Das Ergebnis waren massive Leberprobleme und der große Frust. Der Texaner reiste enttäuscht ab und hinterließ bloß einen lächerlich kleinen Betrag.

– Ist wohl einfacher, die Sterbenden zu begleiten als die Lebemänner!

– Wahrscheinlich, sieh dich mal um, hier ist auch fast keiner mehr.

Und tatsächlich war das Lokal beinahe leer.

Ich bezahle meinen Anteil an dem kleinen Vermögen, das wir vertrunken haben, verabschiede mich von den Übriggebliebenen und finde mich allein auf der Straße wieder, wo ich mich mehrmals um die eigene Achse drehen muss, bevor es mir gelingt, die richtige Richtung einzuschlagen, die mich über die Rue Saint-Jacques zum Boulevard Saint-Germain führt.

11

Und schon ist der Nachmittag nichts weiter als eine Erinnerung. Der Sonnenuntergang entfaltet seine ganze Pracht und stellt einen rotbefleckten Himmel zur Schau, der an den Verlust einer virtuellen Jungfräulichkeit erinnert. In der Dämmerung eile ich die Straße entlang, und während ich vorüberlaufe, gehen in den Schaufenstern bereits die Lichter an. Die Buchhandlungen versuchen mich anzulocken, indem sie mir viel sagend die Vorderseite ihrer Bücher hinhalten. Die glänzenden Schutzumschläge rutschen hin und her wie Ärmel und klatschen sich selbst Beifall.

Aber ich kann noch so sehr die Augen verdrehen: nicht ein einziges Buch von mir in der Auslage. Kein Wunder, dass sie sich so schlecht verkaufen!

Gekränkt durch diese Ungerechtigkeit, bewahre ich nun den größtmöglichen Abstand zu den Schaufenstern. Ich laufe ganz am Rand des Bordsteins und streife dabei die parkenden Autos, stoße sie manchmal sogar an, was sofort die schauerlichen Klagelaute der Alarmanlagen auslöst.

Einmal sieht es fast so aus, als würden die Räder eines Citroën, der vor einem Restaurant steht, anfangen sich zu bewegen, aber wahrscheinlich habe ich schon Halluzinationen.

Hier wimmelt es nur so von Buchhandlungen: russische, afrikanische, pädagogische Buchhandlungen, Buchhandlungen mit integriertem Schreibwarengeschäft oder Zeitungsverkauf. Das gedruckte Wort brüllt einen an wie ein Raubtier im

Käfig, es wiehert und quakt, gackert und schreit. Meine unbekümmerte Gleichgültigkeit treibt es zur Raserei; in der Hoffnung, irgendwie meine Aufmerksamkeit auf sich zu lenken, werfen die Buchstaben sich ungeniert gegen die Glaswand, um mich so wenigstens zur Lektüre einiger Zeilen zu nötigen.

Um meine Haltung zu unterstreichen, trällere ich einen albernen Schüttelreim:

«Will kein Buch mehr kaufen
Geh lieber was saufen
Mach eine Entwöhnungskur
Und sag nein zur Literatur.»

Hinter mir höre ich Glas zerspringen.

Als ich mich umdrehe, sehe ich, wie eine Schar von Büchern aus der pädagogischen Buchhandlung ausschwärmt, deren Schaufenster gerade in tausend Scherben zerfällt. Sie erheben sich hoch in den purpurnen Himmel, vollführen eine Wendung über den Dächern und kommen im Sturzflug auf mich zu.

Das Geflügel aus Papier und Karton scheint einem Film von Alfred Hitchcock entsprungen zu sein und hackt mit spitzen Buchdeckeln auf meinen Schädel ein, während mir die broschierten Titel Ohrfeigen verpassen. Um mich zu verteidigen, lasse ich die Arme kreisen, schleudere sie wild hin und her und zerfetze dabei schonungslos jedes Blatt, das mir zwischen die Finger kommt. Die verletzten Bücher winden sich auf dem Asphalt und zucken halb tot zu meinen Füßen. Wütend trete ich auf sie ein, aber es kommen immer mehr. Ich will mich in einen Hauseingang retten, doch sosehr ich auch am Türgriff rüttele und gegen die Tür trete, sie lässt sich nicht öffnen. Sie hat einen Code.

Die wütenden Bücher belagern mich.

Ich nehme die Flucht wieder auf, verfolgt von einem Broschurgeschwader, das sich in Kampfstellung formiert hat. Schwere Wörterbuchgeschütze nehmen mich unter Beschuss, geben ihre Zitatsalven auf mich ab, die beim Aufprall auf den Boden explodieren. Ich hebe meine Unterarme, um mein Gesicht zu schützen, laufe im Zickzack, stolpere und werde fast von einem kleinen Fiat überfahren.

– Kann ich dich irgendwohin mitnehmen, fragt Lorraine, die am Steuer sitzt.

Ich werfe mich auf den Beifahrersitz.

– Ja, egal wohin. Fahr los, die Bücher greifen an!

Sie lächelt friedlich, während sie die Handbremse löst.

– Woran arbeitest du gerade?

– An gar nichts.

– Eine Schaffenskrise? Mach dir keine Sorgen, das geht wieder vorbei.

– Kann schon sein. Aber nur, wenn es regnet. Im Moment bin ich nämlich dabei, mich in eine öde Wüste zu verwandeln.

Sie lacht.

– Weißt du, ich habe neulich von dir geträumt. Du warst ein Forscher auf dem Land, und dein Bauernhof sah genauso aus wie mein Labor. Du hattest ein Wesen geschaffen, das halb Schwan und halb Tomate war. Genauer gesagt: Ich war dieses seltsame Geschöpf.

– Wo hörte denn die eine Hälfte auf, und wo fing die andere an?

– Von Kopf bis Körpermitte war ich ein Schwan und unten herum eine dicke Tomate.

– Mir schwant der tiefere Sinn dieses Bildes.

– Du hofftest, durch die groß angelegte Aufzucht von Schwan-Tomaten ein Vermögen zu machen. Doch dein Projekt hatte den Neid eines anderen Bauern geweckt, der mich töten wollte, um zu beweisen, dass ich nicht lebensfähig sei und meine Art keine Zukunft habe. Ich geriet in Panik, als ich sah, dass er mir hinter einem Baum auflauerte; sein Messer blitzte hinter dem Stamm hervor. Trotz all meiner Vorsicht gelang es ihm schließlich, mich zu ermorden. Und anstatt mich zu rächen, hast du dich mit ihm angefreundet.

– Also wurde ich zum Verräter.

– Ihr wolltet meine persönlichen Sachen unter euch aufteilen, aber als ihr meine Handtasche durchsucht habt, fandet ihr bloß eine abgelaufene Kreditkarte, an der ein paar weiße Daunen und ein Stück Tomate klebten.

– Warst du mir sehr böse?

– Nein, für mich hatte das Ganze eine unwiderstehliche Komik. Es war eine Geschichte, die du geschrieben hattest.

Ich runzele die Stirn.

– Ich schreibe doch nichts mehr.

– Das ist doch ein Erfolg: Die anderen träumen deine Werke für dich, und du brauchst nicht mehr zu arbeiten. Freu dich, es regnet.

Dicke Tropfen ziehen Streifen auf die Windschutzscheibe und werden sofort vom Scheibenwischer beseitigt.

Ich liebe den Regen und die vielen verschiedenen Geräusche, die er beim Aufschlag auf unterschiedliche Oberflächen erzeugt: auf Dächer, Regenschirme und auf Pfützen; ich mag das Schmatzen der Autoreifen auf der Straße, das Quietschen der Scheibenwischer, ganz zu schweigen von den Lichtreflexen, die in einer spiegelverkehrten Stadt unter der Stadt die Existenz eines zweiten unterirdischen Straßenverkehrs enthüllen.

Die große raue Natur ist plötzlich gerührt wie eine kleine Modistin angesichts des harten Schicksals jener, die sie zur Sterblichkeit verurteilt hat, und behelligt sie zu allem Überfluss auch noch mit ihren Tränen.

Sie ist bewegt und bewegt andere: Die Menschen rennen in alle Richtungen und richten Flüche gen Himmel. Zwar ahnen sie, wie absurd und unbequem ihre ganze Existenz ist, fühlen sich aber insgeheim geschmeichelt, die Ursache dieser Tränenflut zu sein.

Jedes Mal wenn es regnet, seh ich mich wieder in die Savoyen zurückversetzt. Ich stehe vor dem Haus der S. und beobachte ein Büschel Kräuter, das sich unter der Last des Regenschwalls beugt. Ich höre, wie die undichte Regenrinne tropft und der austretende Strahl auf dem Boden einer umgedrehten Wanne aufprallt.

Es ist jetzt mehr als fünfzig Jahre her, seit sich dieses symbolträchtige Regenbild in mein Gedächtnis eingeprägt hat. Aber keine noch so spektakuläre Szene, die ich später erlebt oder im Kino gesehen habe, konnte es bisher verdrängen. Selbst der fröhlich in Pfützen herumplanschende Gene Kelly kann meinen Kräuterbüscheln nicht das Wasser reichen.

– Soll ich dich bei dir zu Hause absetzen?

– Nein, bloß nicht!

– Gefällt dir deine Wohnung nicht mehr?

– Zu viele Bücher, zu viele Probleme und nichts im Kühlschrank. Ich hab Lust, ein bisschen durch den Regen zu wandern. Kannst du mich am Hôtel de Ville rauslassen?

– Im Cirque d'Hiver ist heute Abend eine Galaveranstaltung zugunsten der wissenschaftlichen Forschung. Ich habe eine Einladung für zwei Personen, willst du mitkommen?

Die Versuchung ist groß, aber ich lehne das Angebot ab.

– Im Augenblick bin ich außerstande, Interesse für Darbietungen irgendwelcher Art aufzubringen. Ich mache gerade den Versuch, weder etwas für die Kultur zu produzieren, noch sie zu konsumieren.

– Und was ist mit dem Wein?

– Trinken muss ich ja schließlich.

– Selbstzerstörungsdrang oder Schuldgefühle?

– Sogar Tiere versammeln sich immer an einer zentralen Wasserstelle, und die Theke ist dafür ein ganz guter Ersatz.

– Also ist dein Leben eine einzige Kneipentour?

– Das nicht, aber die Kneipe bringt mich auf andere Gedanken, und hie und da kann man sogar kleine Abenteuer erleben. Pierre Mac Orlan hat in seinem Handbuch für Abenteurer darüber geschrieben. Um zu vollkommener Entfaltung zu gelangen, bedarf ein wahrhaftes Abenteuer seiner Meinung nach sowohl eines aktiven als auch eines passiven Abenteurertyps: Der eine erlebt und der andere träumt, setzt um. Nehmen wir einmal an, ich sei der passive Typ. Dann muss ich unbedingt einen aktiven Abenteurer treffen. Wahre Geschichten brechen immer vorzeitig ab. Das ist ihr schwacher Punkt. Ihnen fehlt der krönende Abschluss. Und genau den denke ich mir gerne aus.

– Ich werde die nächsten sechs Monate in Atlanta verbringen. Wenn ich wiederkomme, werde ich dir von meinen Abenteuern berichten und dich zu meinem ganz persönlichen passiven Abenteurer ernennen.

Ein Gefühl von grundlosem Groll lässt mein Lächeln zur Maske erstarren.

Ich kann es überhaupt nicht gut ertragen, wenn Menschen abreisen.

Worüber soll ich mich mit jemandem unterhalten, der sein Flugticket schon in der Tasche hat, ich, der ich mir geschworen habe, niemals mehr ein Flugzeug zu besteigen? Sie ist nah und fern zugleich, es macht ihr nichts aus, meine Anwesenheit missen zu müssen. Zwar verkehrt sie noch mit mir, aber mehr und mehr gleite ich in ihren Augen langsam in die Sphäre des Unwirklichen hinüber. Nichts, was ich sagen oder tun könnte, hätte irgendeinen Einfluss auf ihre Reisepläne. Ab jetzt wird sie für andere da sein. Einen Teil ihrer selbst hat sie bereits in die Koffer gepackt.

Unter solchen Umständen könnte man ebenso gut telefonieren.

Lorraine beobachtet mich aus den Augenwinkeln.

– Ich habe eine Kollegin, deren Ehemann war eifersüchtig auf ihren gemeinsamen Sohn. Seit der Geburt des Sohnes hatte er das Gefühl, seine Frau mehr und mehr an ihn zu verlieren und nur noch das dritte Rad am Wagen zu sein. Es gibt ja Väter, die ihre Vaterschaft in Zweifel ziehen, wenn das Kind ihnen nicht ähnlich sieht. Dieses aber war geradezu das Abbild seines Vaters, und das genau war das Problem. Der Junge war ihm zu ähnlich, er hatte ihn quasi seiner Identität beraubt, und das machte ihn krank vor Eifersucht. Tja, sie haben sich scheiden lassen. Meine Kollegin lebt jetzt allein mit ihrem Sohn, der mittlerweile siebzehn ist. Und stell dir vor, er ist genauso eifersüchtig wie sein Vater und sie hat richtig Angst vor ihm.

– Ist er eifersüchtig auf ihre Liebhaber?

– Sie hat sich überhaupt noch nie getraut, jemanden mit nach Hause zu bringen. Aber er ist eifersüchtig auf ihre Mäuse. Sie arbeitet in der Immunologie, genau wie ich, und macht Versuche mit Mäusen. Das kann er nicht ertragen und wirft ihr vor, eine widernatürliche Beziehung zu ihnen zu haben. Letzte Woche ist er mit ins Labor gekommen und hat zwei kleine Nacktmäuse erwürgt. Eine Katastrophe! Mehrere Monate Arbeit für die Katz!

– Nacktmäuse? Nackte Mäuse?

– Ja, sie sind ganz nackt und rosa. Man kreuzt die Mäuse untereinander, um einen Zusammenbruch des Immunsystems zu bewirken. Dadurch kann man genau verfolgen, wie sich beispielsweise ein Virus im Organismus verhält, wie es auf die verschiedenen Moleküle reagiert. Das ist für unsere Forschung unerlässlich.

– Mich hat mal eine Frau am Telefon aufgefordert, bei einer Unterschriftenaktion gegen Tierversuche mitzumachen.

– Leider geht es nicht ohne. Hast du unterschrieben?

– Es war so: Am Anfang hat sie mir Honig um den Bart geschmiert. «Ich bewundere Ihre Arbeit, es müsste mehr Menschen geben wie Sie.» Dann muss ich mir eine Predigt anhören über die kleinen Tiere, die leiden müssen, nur um den Sadismus der Mediziner zu befriedigen. Falls es so etwas wie Seelenwanderung gebe, so meint sie, könne ich froh sein, wenn ich nicht als Maus wieder geboren werde. Ich habe ihr gesagt, dass ich mich sogar für die Ausrottung gewisser Tierarten einsetze, so wie Flöhe, Läuse und sonstiges Getier. Da entfährt es ihr brüsk: «Aber das sind doch Insekten!» – Ja, sind das etwa keine Tiere?, frage ich sie. Plötzlich schien sie meine Unterschrift nicht mehr zu interessieren, denn sie knallte einfach den Hörer auf. Bei der Ampel kannst du mich rauslassen.

Ihre kühlen Lippen auf meiner Wange. Ich stehe wieder im Regen und blicke dem Fiat nach, dessen Rücklichter auf der Rue des Archives in der Ferne entschwinden.

12

An der Kreuzung zur Rue du Plâtre rennt ein Mensch an mir vorbei. Ein Polizeiwagen, der ihm auf den Fersen ist, fährt quer auf den Bürgersteig, um ihm den Weg abzuschneiden. Zwei bewaffnete Polizisten in Zivil springen heraus und richten ihre Pistolen auf mich.

– Machen Sie keine Dummheiten!

Das versuche ich schon seit meiner Geburt, aber ich fürchte, es gelingt mir nicht immer. Vielleicht haben sich die M.s geweigert, mein Alibi zu bestätigen. Langsam geht mir dieser Justizirrtum auf die Nerven.

Obwohl die Aufforderung nicht an mich gerichtet war, halte ich es für klüger, mich auch nicht zu bewegen.

Der Mann zögert einige Sekunden lang. Ein großer, dunkler Schnurrbart unterstreicht sein wildes Äußeres. Hektisch rollen seine Augen hin und her auf der Suche nach einem Fluchtweg, den es nicht gibt. Im Geiste flehe ich ihn an: «Bitte, tu, was sie sagen, sonst begehen die einen großen Fehler! Bitte gib ihnen keinen Grund, mich abzuknallen!»

Die Szene verharrt in Regungslosigkeit, so als wäre der Film gerissen. Der Regen läuft weiterhin an den Häuserwänden und den parkenden Autos herunter.

Ein Reklameplakat an der nahe gelegenen Bushaltestelle verkündet: «Wer sie sieht, will sie haben!» Ich sehe mir das Bild an, auf dem ein Mädchen im Büstenhalter auf einer Leiter sitzt, und verspüre nicht das geringste Verlangen.

Endlich bemächtigen sich die beiden Polizisten des Flüchtigen. Widerstandslos lässt er sich Handschellen anlegen und in das Auto zerren, das mit quietschenden Reifen losfährt.

Es ist gar nichts passiert.

Glück gehabt.

Er nicht.

An der Kreuzung zur Rue Rambuteau erblicke ich einen Zeitungsstand, der geöffnet hat. Ich erkundige mich, ob noch Ausgaben vom gestrigen *Figaro*, von *Le Monde* oder der *Libération* übrig sind. Der Zeitungshändler hält mir triumphierend eine *Le Monde* hin, die ich hastig durchblättere und ihm dann zurückgebe. Aber er will sie nicht wieder nehmen, weil sie ganz durchweicht ist. Ich bezahle sie, um sie wegwerfen zu können. Es stand überhaupt nichts über mich drin.

Ohne dass ich es bemerkt habe, bin ich nur zwei Schritte vom Cirque d'Hiver entfernt gelandet. Die Clown Bar ist direkt nebenan.

Ich bin pitschnass, als ich das überfüllte Lokal betrete, was mir problemlosen Zugang zur Theke verschafft.

– Rot oder weiß?, fragt mich Jo, nachdem er mir kraftvoll die Hand gedrückt hat.

– Hauptsache flüssig.

– Einen kleinen Schampus, um den Gaumen anzufeuchten?

– Warum nicht?

– Es wird bestimmt gleich leerer, sagt Jo, nachdem er mir seinen *Vouvray* kredenzt hat. Die Leute warten nur, bis der Regen aufhört. Irgendwann müssen sie ja mal wieder gehen.

Tanzende Clowns der Jahrhundertwende machen ihre Kunststückchen auf einem Keramikfries, der entlang der Deckenleiste verläuft.

Ich lasse meinen Blick durch das Lokal streifen. Da sind Papa und Henri an einem kleinen Tisch vor einem Plakat des Zirkus Ancilotti-Plège, das den Zwerg Goliath zeigt, «den Komischsten der Komischen». Keiner von beiden ist nass. Sie müssen vor der Sintflut hergekommen sein. Papa lacht und wirft den Kopf zurück, wobei ihm fast der graue Filzhut vom Kopf fällt, dessen große Krempe ein fremdes Kreuz streift. Ich sehe, wie seine Augen unter den weißen Augenbrauen leuchten. Er umfasst seinen Stock mit dem Entenkopf. Henri reibt sich die Hände, ein untrügliches Zeichen dafür, dass er sich über etwas freut.

Ich werde mich hüten, mich zu ihnen zu setzen.

Ganz so blöd bin ich nicht!

Sie würden sich im selben Augenblick in Luft auflösen, wenn ich nur ein bisschen näher käme. Und ich möchte sie noch ein wenig länger beobachten, wenn auch nur von ferne.

– Nein, so ein Zufall!

Ein großer hagerer Mann mit Glatze drückt mich an seinen ausgewaschenen Anorak. Schwer zu sagen, wie alt er ist. In den zwanzig Jahren, seit ich ihn kenne, hat sein zerknittertes Jungengesicht keine neue Falte bekommen.

– Hast du mein letztes Buch bekommen?

– *Das Leben eines Nichtsnutzes*? Ja, aber ich hab es noch nicht gelesen.

Eine ruckartige Handbewegung betont die relative Bedeutungslosigkeit, die er meiner Antwort beimisst.

– Vor einem Monat hätte ich dir das noch übel genommen, aber jetzt ist es mir egal.

– Verkauft es sich gut?

– Nicht schlecht. Aber eine unglaubliche Sache ist mir mittlerweile klar geworden: Niemand hat es gelesen.

– Jetzt übertreibst du aber. Ich habe bereits mehrere, äußerst positive Kritiken in den Zeitungen gesehen.

– Ich habe viele Freunde bei der Presse. Sie alle wissen, was dieser Roman für mich bedeutet. Ich hab mein ganzes Herzblut da hineingesteckt und noch viel mehr. Sieben Jahre Schweiß und Elend. Drei Trennungen. Zehn Umzüge. Da haben sie es nicht übers Herz gebracht, das Buch zu verreißen. Ich hab mich vergewissert: Keiner von ihnen hat bisher geschafft, es zu lesen. Du kennst ja die Journalisten, sie überfliegen einen Text bestenfalls, picken sich hie und da eine Passage heraus, und das war's. Ich habe auch eine Umfrage unter Buchhändlern gestartet und dabei keinen einzigen gefunden, der über die erste Seite hinausgekommen wäre.

– Und was ist mit deinen anderen Freunden?

– Ach, die einen wollen es in einer Nacht buchstäblich verschlungen haben, und die anderen haben sich angeblich Zeit damit gelassen, um den Genuss in die Länge zu ziehen. Aber wenn ich ihnen konkrete Fragen stelle, weichen sie aus oder geben verkehrte Antworten. Ich habe eine Reihe von Tests ausgearbeitet, die nur indirekt auf den Roman anspielen, und das Ergebnis lässt nur einen Schluss zu: Keiner hat meinen Roman gelesen.

– Aber dein Verleger muss doch wenigstens das Manuskript gelesen haben.

– Nicht mal der ... Er hat mir versichert, dass ich der einzige Hausautor sei, dessen Manuskripte er unbesehen publiziert. «Ich kann Ihnen schließlich nicht zumuten, sich der demütigenden Kontrolle einer Lektüre zu unterziehen.» Er hat kein einziges Wort gelesen.

– Es gibt doch einen Korrektor, der das Buch von vorne bis hinten durcharbeiten muss.

– Du kennst doch die Korrektoren! Sie korrigieren, aber sie lesen nicht. Und die Guten am allerwenigsten. Tippfehler findest du in dem Text jedenfalls nicht mehr.

– Du musst deinen Lesern die Zeit lassen, dein Buch wieder zu entdecken. In fünf, zehn Jahren ist das Buch immer noch dasselbe. Aber wir werden uns verändert haben.

Er schüttelt den Kopf.

– So lange wollte ich nicht warten. Also hab ich jemanden engagiert.

– Wozu?

– Damit er mir mein Buch vorliest. Ich hab einen Arbeitslosen gefunden, der für hundertfünfzig Franc die Stunde zu mir kommt und in meinem Wohnzimmer mein Buch liest.

– Ein Au-pair-Mädchen wäre billiger gewesen.

– Nein, das sind Ausländerinnen, die haben einen Akzent, das irritiert mich. Ich hab's versucht, aber unter hundertfünfzig Franc ist nichts zu machen.

– Auch nicht bei arbeitslosen Schauspielern?

– Die deklamieren immer so viel und verändern den Text. Mir sind leitende Angestellte lieber.

– Laut vorlesen?

– Klar, ich bin ja nicht von gestern. Und trotz seiner offensichtlichen Lustlosigkeit, seiner leicht durchschaubaren Tricks, sich vor dem Lesen zu drücken – er rannte alle fünf Minuten aufs Klo, hatte ständig Hustenanfälle und musste niesen, weil er angeblich allergisch gegen meine Katzen war –, hat es geholfen: meine fixe Idee bin ich los. Alle anderen sind mir jetzt egal.

– Und hat dem Arbeitslosen dein Buch gefallen?

– Keine Ahnung. Einige Passagen wollte er unbedingt noch mal lesen, weil er sie nicht verstanden hatte oder weil ihm der Klang gefiel. Auf jeden Fall konnte er damit den Preis hochtreiben.

– Schreibst du gerade an etwas Neuem?

– Ja, im Moment befasse ich mich mit einer ganz neuen Sache. Ich entwickele ein Avantgardeprojekt in Zusammenarbeit mit einem Krankenhaus, für das ich letzte Worte für Sterbende verfasse.

– Du lässt sie doch wohl nicht irgendwas auswendig lernen, das sie dann aufsagen müssen, bevor sie sterben!

– Nein, das würde gar nicht funktionieren. Meistens sind sie ja schon Stunden vor dem Moment des Todes im Morphinrausch und ohne Bewusstsein. Oder sie liegen im Koma. Nicht in der Lage, sich zu einem letzten Satz inspirieren zu lassen, der der Feierlichkeit des Augenblicks angemessen wäre: einerseits tiefsinnig und voll Weisheit und zugleich unerwartet und ausgefallen. Ein Gedanke, der die ganze Erfahrung eines Lebens resümiert und zugleich eine entschlossene Haltung im Angesicht des Nichts erkennen lässt. Eine Äußerung, die von Generation zu Generation weitergegeben und in die Familienannalen eingehen würde. Letzte Worte sind leider Mangelware geworden. Sie haben keine Konjunktur. Deshalb habe ich beschlossen, diese letzten Sätze selbst zu schreiben, mein ganzes Talent und meine ganze Phantasie dafür zu verwenden. Von einem wahren Dichter verfasst, in Übereinstimmung mit der Krankenhausdirektion, werden sie dann an die Angehörigen weitergeleitet, die dem letzten Atemzug ihres Verwandten selten beiwohnen, um ein Band zwischen den Generationen zu knüpfen.

– Alles in allem ein Vertrauensmissbrauch.

– Das schon, aber für einen guten Zweck. Ich hab schon eine Menge Ideen. Hör mal.

Er zieht ein Notizbuch aus der Tasche und liest mit ersterbender Stimme:

– «Lebt wohl, ihr Hornochsen ...»

– Nicht sehr nett.

Er mustert mich verächtlich:

– Ich schmiere den Leuten halt keinen Honig ums Maul, im Gegensatz zu manchen anderen. Wie wär's damit: «Mein Herz gehörte stets ... (mit ersterbender Stimme) ... den Nudeln.» Ich wette, mit diesem Schluss hast du nicht gerechnet!

– Nie im Leben.

– Und das hier (röchelnd): «Wie schön wird mein Kopf sein ohne Schopf!»

– Ja ... das hat was. Aber als du so geröchelt hast, hab ich richtig Angst bekommen.

– So, jetzt kommt mein Meisterwerk (heulend): «Laura!»

– Hast du dir wehgetan?

– Wieso?

– Hast du nicht «Aua!» gesagt?

– Nein, ich hab «Laura!» gesagt!

– Wieso Laura? Hat er eine Laura gekannt?

Ich spüre, dass ich ihn wütend mache.

– Nein, hör zu, das ist genial: Falls er eine Laura gekannt hat, wird sie zutiefst gerührt sein und das sehr zu schätzen wissen; falls nicht, wird die Familie verzweifelt versuchen, herauszufinden, wer diese Laura ist, und über Generationen hinweg werden die Nachfahren jedes Mal aufhorchen, wenn ihnen eine Laura über den Weg läuft. Und, siehst du jetzt, was alles in dem Vornamen «Laura» stecken kann?

– Warum nicht «Erika»?

– Wenn du glaubst, mein Lieber, dass ich daran nicht auch schon gedacht habe, dann irrst du dich gewaltig. Aber Erika ist auch ein Blumenname, und da ich genau weiß, wie Familien funktionieren, kann ich dir versichern, dass die Angehörigen schließlich zu dem Schluss kommen würden, es handele sich um eine Kindheitserinnerung vom Land. Ganz hübsch, gewiss, aber banal. So, ich muss los, hab was Wichtiges vor! Bis dann!

13

Mechanisch streiche ich mit der Hand über die Zuckerdose aus Chrom.

Da steigt eine Art weißer Rauch aus der Dose auf, verdichtet sich, wobei er nacheinander alle Schattierungen verschiedener Luftverschmutzungsgrade durchläuft und schließlich einen etwas abgemagerten orientalischen Flaschengeist formt, der auf der Theke sitzt und die nackten Beine baumeln lässt. Er trägt einen smaragdgrünen Lendenschurz und einen dazu passenden Turban.

– Das wurde aber auch Zeit, brummt er schlecht gelaunt, ich dachte schon, Sie hätten Angst vor der Zuckerdose.

– Ich esse keinen Zucker mehr.

– Da sind Sie nicht der Einzige. Ich hätte gut noch weitere tausend Jahre in diesem Kerker verbringen können, ohne dass irgendjemand diese Zuckerdose angerührt hätte.

– Ich nehme an, Sie werden mich jetzt Meister nennen und Ihre Zauberkräfte dafür einsetzen, mir drei Wünsche zu erfüllen.

– Da liegen Sie völlig falsch. Wenn hier jemand Hilfe braucht, dann bin ich es. Nach meiner langen Gefangenschaft in einem Haufen Würfelzucker habe ich einen Höllendurst. Geben Sie mir einen aus!

– Rot oder weiß?

– Champagner!

Ich bestelle bei Jo ein Glas *Vouvray*, der viel zu beschäftigt ist, um sich zu wundern.

– Wer hat Sie denn in diese Kugel eingesperrt?

– Ein ungerechter Richter. Damals übte ich – wie viele eingewanderte Flaschengeister – den Beruf des Blumenverkäufers aus. Nach einem langen und arbeitsreichen Tag war ich in der letzten Metro eingeschlafen. An der Endstation wurde ich ziemlich unsanft von zwei Wachleuten geweckt. Als ich den Wagen für ihren Geschmack nicht schnell genug verließ, halfen sie mit Fußtritten nach. Auf dem Bahnsteig wollten sie mich dann zusammenschlagen. Beim ersten Schlag ließ ich mich fallen und stellte mich tot. Sie hatten einen großen Schäferhund, der mich beschnüffelte und knurrte, während sich die Wachmänner gegenseitig beschuldigten, zu fest zugeschlagen zu haben. Ich kann Ihnen sagen, das war verdammt unangenehm. Sie haben einen Krankenwagen gerufen, der mich ins Krankenhaus brachte. Die Wachmänner dachten, ich würde das Zeitliche segnen, und erstatteten deshalb Anzeige, wobei sie behaupteten, ich hätte sie hinterrücks angegriffen und sie hätten in reiner Notwehr gehandelt. Sehen Sie mich an, Monsieur, können Sie sich vorstellen, dass so ein schmächtiges Kerlchen wie ich zwei Wachmänner mit Schäferhund angreift? Als der Internist im Krankenhaus anfing, mich zu untersuchen, hörte ich auf mit dem Theaterspielen. «Sie haben gar nichts?», fragte er. «Kein Hämatom, keine gebrochenen Rippen?»

– «Nein. Ich habe bloß ein paar Tritte in den Hintern bekommen.» Daraufhin hat mich der Richter zu Zwangshaft in diesem Zuckertopf verurteilt, so lange, bis ein barmherziger Zuckeresser die Dose poliert.

– Klassisch, wie bei Aladins Wunderlampe.

– Normalerweise bin ich ganz harmlos, aber da habe ich alle nur erdenklichen Übel auf die Häupter der Bewohner dieser Stadt herabbeschworen. Dass ein Erdbeben die Stadt zerstört, dass Orkane die Bäume entwurzeln und die Dächer von den Häusern reißen, den Frauen die Kleider vom Leib und den Männern die Hüte vom Kopf wehen, dass die Börse zusammenbricht und der Franc fällt und dass wilde Streiks den Bahn- und Flugverkehr zum Erliegen bringen. Dass der Sommer mies wird! Und dass der Frühling mies wird! Wie ist das Wetter?

– Es regnet.

– Allah ist groß!

– Sie sind Moslem und trinken dennoch Wein?

– Selbstverständlich. Der Prophet hat gesagt: «Trinket nicht einen Tropfen Wein!» Und ich habe mich immer gehütet, den verbotenen Tropfen anzurühren. Sehen Sie? Er ist im Glas geblieben. Außerdem war dieses Verbot sowieso nur an seinen Schwiegervater gerichtet. Allah ist groß, und ich habe immer noch Durst.

– Jetzt müssen Sie einen ausgeben.

– Wovon? Ich bin total pleite!

– Eine bedauerliche Situation für einen Flaschengeist. Verfügen Sie denn nicht über Zauberkräfte?

Er senkt bescheiden den Blick und sortiert die Falten seines Lendenschurzes.

– Nein, der Zauberer sind Sie. Welch eine Vorstellungskraft! Was für ein Talent! Woher nehmen Sie diese Ideen?

– Jetzt hören Sie mal zu, wenn Sie sowieso keine Wunder vollbringen können, würde ich lieber alleine saufen.

– Scherz beiseite, ich bin bloß ein Phantasiewesen zweiten Ranges, ein Untermensch, der einer Zuckerdose entsprungen ist. Sie haben eine gewisse Verantwortung mir gegenüber. Sie haben mich befreit, und jetzt müssen Sie für meine soziale Wiedereingliederung Sorge tragen.

– Fort mit dir, Flaschengeist ohne Geisterkraft, du bist entlassen!

– Tschüs, armes Würstchen, geiziger Zauberer!

– Ich hoffe, er ist dir nicht zu sehr auf die Nerven gegangen, meint Jo beunruhigt und beugt sich über die Theke. Er ist kein schlechter Kerl, fängt bloß an zu schwafeln, wenn er zu viel getrunken hat. Er hat eine eindrucksvolle Elefanten-Fakir-Nummer in Zirkus, ganz zu Beginn des ersten Teils der Show, und danach lässt er sich Drinks spendieren. Aber für die Schlussparade und das große Finale muss er wieder zurück in die Manege. Wenn er so weitermacht, fällt er noch mal von seinem Elefanten.

Der Lärm des prasselnden Regens dringt durch die offene Tür. Papa und Henri haben sich aus dem Staub gemacht. Aber ich mache mir keine Sorgen um sie, sie werden einfach zwischen den Tropfen hindurchschlüpfen.

14

Um mich vor dem Regensturm zu schützen, beuge ich den Oberkörper fast im rechten Winkel nach vorne und laufe den Faubourg du Temple hinauf bis zur Avenue Parmentier.

Geboren wurde ich im Saint-Louis-Krankenhaus, aufgewachsen bin ich in der Rue Corbeau, die nach dem Krieg in die Rue Jacques-Louel-Tessier umbenannt wurde, ein Name, der zu schwierig für Taxifahrer ist.

Zur Schule gegangen bin ich in der Rue Saint-Maur, und einige Zeit später – als ich an der Kunsthochschule war – hab ich mal eine Nacht in der Avenue Parmentier auf einer Bank verbracht, ganz in der Nähe der Metrohaltestelle Goncourt. Um Punkt sieben Uhr morgens werde ich von einem Nachbarn meiner Eltern geweckt, der vor sich hin murmelt, als würde er ein Stoßgebet gen Himmel schicken: «Auch Sie, mein Gott, auch Sie!»

Tatsächlich hatte ich bloß meinen Schlüssel vergessen und war zu müde, um über eine andere Schlafgelegenheit nachzudenken. Es war sowieso schon sechs Uhr, und es gab Schlimmeres, als mich zwei Stunden lang auf einer Bank auszuruhen.

– «Auch Sie, mein Gott, auch Sie!»

Er war Geschäftsführer eines Nachtcafés auf dem Boulevard Saint-Germain, und als er eines Morgens – so wie an jenem Morgen auch – auf dem Weg nach Hause war, hat man ihn überfallen und ihm die Einnahmen der ganzen Nacht gestohlen. Infolge der Schläge, die er abbekam, verlor er ein Auge.

– «Auch Sie, mein Gott, auch Sie!»

Auch Sie ein Penner? Bitte tun Sie mir das nicht an! Ich habe Sie immer für so anständig gehalten!

Bis zum Ende seines Lebens hat er nie eine Anspielung auf diese Parkbankepisode gemacht.

Es ist noch nicht ganz so lange her, als ich mich einmal ziemlich spät von Freunden trennte und dann feststellte, dass ich nicht mehr genug Geld für ein Taxi bis nach Hause hatte. Und als ich bis zum Pont Neuf gelaufen war, packte mich plötzlich eine unerträgliche Müdigkeit, sodass ich es vorzog, es mir in einer der Nischen bequem zu machen, die in die Brüstung eingelassen und wunderbar windgeschützt sind. Das Wetter war sehr mild und die Steinwand, die sich im Halbkreis um mich schloss, so gemütlich, dass ich selig entschlummerte, ohne mir etwas Böses dabei zu denken.

In der Tasche hatte ich bloß ein paar Mark, die noch von einer Reise nach Deutschland übrig waren und die ich umtauschen wollte, sobald die Banken öffnen würden.

Es war bereits helllichter Tag, als ich von einer freundlichen Dame geweckt wurde, einer leitenden Lektorin eines literarischen Verlags.

– Auch Sie, mein Gott, auch Sie!

Noch fast im Halbschlaf stimmte ich eine wütende Tirade gegen den provinziellen Charakter dieser so genannten Weltstadt an, in der die Taxifahrer keine DM-Scheine als Bezahlung akzeptieren.

Halb spöttisch, halb gerührt ließ sie sich schließlich überreden, mir im Austausch gegen einen DM-Schein die nötige Summe für eine Taxifahrt zu überlassen.

Ohne stehen zu bleiben, gehe ich an dem Zigarettengeschäft Floréal vorbei, das das Motiv meines ersten Ölgemäldes darstellte, erklimme die Rue de Belleville, wo ich immer von der Bereitschaftspolizei aufgehalten wurde, die mit Maschinengewehren auf meinen Bauchnabel zielte, nur weil ich das Pech hatte, gleichzeitig jung und dunkelhäutig zu sein, durchquere das chinesische Viertel und biege rechts in die Rue Piat ein, Richtung Rue des Envierges, an deren Ecke ein schwacher Lichtschein davon zeugt, dass die «Courtille» noch auf hat.

Seinerzeit ging ich diese Strecke regelmäßig, um von der Rue Corbeau zum Atelier zu kommen, das mir mein Vater in der Rue Piat über einer Garage gemietet hatte. Auf dem Weg kaufte ich mir im Buchladen in der Rue Julien-Lacroix immer ein oder zwei Comics aus der *Série Noire*, die ich am Nachmittag las, um für kurze Zeit den Qualen des Malens zu entrinnen.

An einem Winterabend, an dem es sehr kalt war, sah ich dort einmal einen hoch gewachsenen ausgemergelten Mann völlig nackt durch die offensichtlich unbeeindruckte Menge gehen. Unbekleideter und Bekleidete gingen Seite an Seite in harmonischer Eintracht nebeneinander her. Die einen in ihre grauen und beigen Wintermäntel gehüllt, der andere blau angelaufen. Vielleicht hatten sie Angst, den Geistesgestörten aufzuschrecken, und waren bemüht, eine normale, alltägliche Atmosphäre zu schaffen, so wie es die Ochsen machen, um einen wilden Stier zu beruhigen. Aber ein bisschen weiter weg, an einer Straßenecke, standen zwei aufgekratzte kleine Mädchen, die sich wild gestikulierend über ihn unterhielten.

Ein Freund von mir, ein österreichischer Graveur, hatte sein Atelier in einem Haus eingerichtet, von dem mittlerweile nicht mehr übrig geblieben ist als eine Lücke zwischen zwei modernen Hochhäusern.

Sein Talent hatte ihn nicht davor bewahrt, jahrelang in einem bescheidenen Hotelzimmer zu hausen, samt Frau und

Sohn, der dort geboren worden war. Er hatte Pläne für eine Reihe riesiger Gemälde, musste aber aufgrund des Platzmangels lange Zeit darauf verzichten. Dann geschah ein Wunder: Ein großer Kunsthändler kaufte ihm sämtliche Drucke ab, und er war endlich in der Lage, sich seinen Traum zu erfüllen und das Atelier zu mieten, das ihm schon immer vorgeschwebt hatte. So ließ er Frau und Kind im Hotelzimmer zurück und begann mit den Renovierungsarbeiten, die seiner Meinung nach unerlässlich waren.

Zwei Jahre später waren die Arbeiten immer noch nicht abgeschlossen.

– Na, malst du jetzt in deinem Atelier?, fragte ich ihn.

– Nein, ich streiche die Wände meines Ateliers. Ich will, dass sie absolut ebenmäßig und glatt sind. Aber sobald ich mit einer Wand zufrieden bin, stelle ich wieder irgendwelche Unebenheiten an einer anderen Wand fest. Ich spachtele und schmirgele und ändere die Farbe ...

- Streichst du sie nicht weiß?

– Natürlich sind sie weiß! Aber es gibt Weiß und Weiß! Elfenbeinweiß, getöntes Weiß, Titanweiß und Silberweiß. Weiß hat die Tendenz zu vergilben. Das Licht verfälscht alles, und Schatten verleiht ihm eine gewisse Kälte. Ich möchte aber eine immer gleich bleibende Stimmung, weich und ohne Kontraste.

– Wohnt deine Frau immer noch im Hotel?

– Nein, sie hat mich verlassen. Sie ist mit dem Jungen zu ihren Eltern in die Normandie gezogen. Wenn ich Zeit habe, werde ich sie mal besuchen, aber im Moment brauche ich jede freie Minute fürs Atelier.

– Glaubst du, du wirst dieses Jahr noch fertig?

– Wohl kaum! Ich fange gerade mal an, den Ansatz einer Lösung für die Wände zu sehen. Danach kommen noch die Decke, der Fußboden, die Fenster ...

– Die Fenster? Du wirst doch wohl nicht die Fenster streichen!

– Aber selbstverständlich. Ich weiß nur noch nicht, wie. Ich hab ja gesagt, ich fange gerade erst an, mich einer Lösung anzunähern.

Als ich aus der Clown Bar herauskam, traf ich Lorraine, die die Gala hinter sich hatte und in Begleitung von ein paar Freunden war. Sie lud mich ein, mit ihnen mitzukommen, um bei ihr zu Abend zu essen, aber ich lehnte ab. Essen verkürzt den Tag.

Der Erste, den ich sehe, als ich die Tür zur «Courtille» aufstoße, ist mein spanischer Priester, ungewaschener denn je, alkoholisiert, aber standfest vor der Theke platziert, in lebhafter Unterhaltung mit zwei Männern mit Ziegenbärtchen. Um ihn herum der harte Kern der letzten Stunde, während der Chef, von seinen Gästen liebevoll «Herr Pfarrer» genannt, mit einer Handbewegung alle zwölf Gläser auf einmal nachfüllt, die nebeneinander auf der Theke stehen.

Einen Augenblick lang verschwimmt mir alles vor den Augen, aber noch sehe ich nicht doppelt. Das einzige, was die beiden Ziegenbärte gemeinsam haben, ist ihr Spitzname und ihre Leidenschaft für Wein. Man müsste schon in einem fortgeschrittenen Stadium der Alkoholisierung sein, um sie zu verwechseln. Der eine kommt aus Touraine, ist mager, redselig und ein Nervenbündel und hat den gequälten Gesichtsausdruck eines Intellektuellen, der andere ist ein Kind des Südwestens, ruhig und gelassen, hat eine Statur wie ein Rugbyspieler, mit rasiertem Schädel, und würde auch als Berufssoldat durchgehen.

Aber alle beide sind Weinhändler.

Ramón begrüßt mich mit einer herzlichen Umarmung.

– In den 433 Minuten, seit wir uns getrennt haben, hat sich mein Leben grundlegend geändert!

– Erzählen Sie.

– Ich habe eine neue Himmelsgabe entdeckt: Weine, bei denen der Gärungsprozess unterbrochen wurde. Die müssen Sie unbedingt probieren, das Paradies auf Erden!

– Das Tragische am Wein ist, dass er altert und dann stirbt, erwidert der intellektuelle Ziegenbart an meiner Stelle, zu Essig wird und sich zersetzt. Aber man kann den natürlichen Gärungsprozess aufhalten, indem man Alkohol hinzufügt und den Wein im Fass altern lässt. So kann er ein ganzes Jahrhundert überdauern oder noch länger, so wie Portwein oder Madeira, wobei er von außerordentlicher Qualität sein muss.

– Schade, dass wir davon nicht mehr viel mitkriegen werden.

– Was hältst du von Winterschlaf? Du lässt dich einfrieren wie Walt Disney oder Salvador Dalí, und die Sache ist geritzt.

– Haben Sie es nicht in der Zeitung gelesen? Ein Metzger, der an Krebs erkrankt war, hat sich in seinem Kühlhaus eingeschlossen, in der Hoffnung, sich auf diese Weise so lange zu konservieren, bis man Krebs würde vollständig heilen können. Ein paar Stunden später hat seine Frau ihn gefunden. Er kam zwar mit dem Leben davon, hatte aber eine beidseitige Lungenentzündung.

– Der Rinderwahnsinn macht den Metzgern ganz schön zu schaffen!

– Ein Unglück kommt selten allein.

Ramón lächelt in stiller Zufriedenheit. Er sieht aus, als würde er nie etwas Stärkeres trinken als Buttermilch.

– Unsere fleischliche Hülle dient einem einzigen Zweck: Sie ermöglicht uns die Erfahrung des Leidens.

– Dank ihr können wir aber auch Lust und Vergnügen empfinden, wirft der Rugby-Ziegenbart ein. Die Sinnenfreude fördert die Entwicklung des Geistes, während das Leiden ihn erstickt und negiert.

– Und die Frauen? Sie fügen einem ununterbrochen nur Kummer und Leid zu, versucht ihn der andere Ziegenbart zu überbieten. Und trotzdem würde ich ihre fleischliche Hülle jederzeit dem Plastik aufblasbarer Gummipuppen vorziehen!

– Selbst wenn das Ergebnis schließlich dasselbe ist, ist das, was uns Rabelais in Aussicht stellt, immer noch verlockender als die Heilige Inquisition, schließt der «Pfarrer».

Von allen überstimmt, steckt Ramón seine Nase ins Glas.

– Als ich im sechsten Monat schwanger war, erzählt eine Göre, die auf dem einzigen Barhocker weit und breit sitzt, mit einem scheußlichen Mischling auf dem Schoß und mit weitgehend unbedeckten Schenkeln, wollte ich wissen, welches Geschlecht mein Kind hat. Ich lasse also einen Ultraschall in der Klinik machen, und der Arzt sagt zu mir: «Das gibt's doch nicht!» – «Stimmt was nicht?», frage ich ihn. Ihr könnt euch vorstellen, wie ich mich erschreckt habe!

– «Vom medizinischen Standpunkt aus ist alles in Ordnung, aber Sie bekommen kein Baby, sondern einen kleinen Hund.»

– «Wie bitte, einen kleinen Hund?»

– «Einen Welpen, vollkommen ausgebildet. Er wird früher kommen als erwartet.»

– «Männchen oder Weibchen?»

– «Oh, das ist schwer zu sagen! Sein Schwanz liegt genau zwischen den beiden Hinterpfoten und versperrt die Sicht.»

– «Wie ist das möglich? So was ist in unserer Familie noch nie vorgekommen!»

– «Vielleicht in der Ihres Mannes?»

– «Nein, ganz bestimmt nicht. Wie wird er wohl darauf reagieren? Eifersüchtig, wie er ist, wird er denken, ich hätte ihn betrogen!»

– Aber weit gefehlt! Mein Mann war die Rücksicht selbst. Er

benahm sich, als hätte er sich schon immer einen Hund gewünscht, obwohl ich genau weiß, dass er viel lieber ein Mädchen gehabt hätte. Die Geburt verlief ohne Komplikationen. Unter Wasser, um ein Geburtstrauma zu vermeiden. Als ich ihm einen Kuss auf die Schnauze geben wollte, hat er mich gebissen, der freche Köter. In der ersten Woche war es noch recht ungewohnt. Aber er war so niedlich und so intelligent! Und wisst ihr, was das Komische ist? Irgendwie erinnert er mich an meinen Mann, als er noch jung war. Er war von Anfang an total niedlich, während die meisten Babys erst mal ziemlich hässlich sind. Und dieser Spürsinn! Er erkennt den Papa am Geruch seiner Hose. Das ist mein Baby! Ist es nicht süß, mein Baby? Und er trinkt so gerne Wein. Ich werd's euch zeigen. «Hier, trink.»

Sie hält dem Hund ihr Glas hin, das er mit einem flinken Zungenschlag leer trinkt.

– Es ist nicht immer leicht, einen Hund in der Familie zu haben. Immer wieder bekommt man kluge Ratschläge zu hören. «Warum haben Sie denn kein Kind adoptiert, ein französisches oder ein ausländisches?» Als ob ich die Wahl gehabt hätte! In keiner Kindertagesstätte will man ihn haben. Aber man hat mir die Adresse eines Dresseurs gegeben, der gleich bei uns um die Ecke wohnt und bei dem er zur Schule gehen kann … Pfui! Baby! Komm her! Baby! Baby!

Sie springt von ihrem Barhocker herunter und nimmt die Verfolgung des Köters auf, der die Gelegenheit nutzt, als einer der Stammgäste das Lokal verlässt, um auf die Straße zu entkommen. Das Klappern ihrer Absätze wird leiser und verklingt. Sie wird nicht wiederkommen. Ich nehme ihren Platz auf dem Barhocker ein.

Die Kommentare lassen nicht lange auf sich warten, und plötzlich hat jeder eine Tiergeschichte zu erzählen.

– Noch nie zuvor habe ich jemanden gesehen, der in so großen Schritten auf seine eigene Vernichtung zugaloppiert, verkündet Ramón feierlich.

Ich weiß nicht, ob ich mich über dieses Gütesiegel aus dem Mund eines Kirchenmannes freuen soll.

– Ich kenne mich nicht aus mit Pferden, aber ich ziehe den Trab dem Galopp vor, weil er unnatürlicher ist!

Nichtsdestoweniger galoppieren wir munter vom Banyuls zum Rivesaltes und vom Madeira zum Portwein.

Und plötzlich kommt mir ohne Vorwarnung der Fußboden entgegen. Zum ersten Mal in meinem Leben bin ich von einem Barhocker gefallen.

15

In der Rue de Belleville steige ich aus und werde dabei von den beiden Ziegenbärten gestützt und von Ramón abwechselnd gezogen und abgebremst. Unsere kleine Prozession schwankt vom Bürgersteig auf die Straße, wobei sie vorsichtig die am Straßenrand befindlichen Hindernisse umgeht.

Schließlich packt man mich in ein Taxi, worauf ich nur noch sage:

– Nach Hause.

– Und wo soll das sein, zu Hause?

Glücklicherweise kann sich Ramón an meine Adresse erinnern. Der Abschied ist herzzerreißend.

Es regnet immer noch, aber nicht mehr so übertrieben wie vorher.

Ein ruhiger, gemäßigter Regen.

Ein erträgliches Übel.

Die gleichmäßigen Bewegungen des Scheibenwischers versetzen mich wieder in die Savoyen.

Von den archäologischen Funden am Ort meiner Kindheit hier eine bunt gemischte Ausbeute:

– Es gibt keinen Weihnachtsmann. Die Bauern tun trotzdem so, als würden sie an ihn glauben, es sei denn sie besitzen gar keinen Funken Verstand. Sie nennen ihn Jesus Christus.

– Die Deutschen sind hinter mir her. Sie wollen mich zur Strecke bringen. Viele Franzosen sind in Wirklichkeit Deutsche, die Französisch sprechen.

– Auf dem Weg nach Hause sollte man am besten schnell rennen, damit man nicht verhauen wird. Und selbst beim Laufen kriege ich noch Schläge von den schwer beladenen Nussbaumästen ab.

– Zum Frühstück gibt es Speck. Das Fett finde ich ekelig, der magere Teil ist leider zu salzig. Wenigstens wird durch das Salz eine gewisse Wurmfreiheit garantiert.

– Es gibt Tausende von Katzen. Ein großer roter Kater ist der Liebling aller, was ihn aber nicht davon abgehalten hat, in die Latrine zu fallen und sich von oben bis unten mit Exkrementen zu besudeln. Seitdem meiden ihn die anderen Katzen.

– Der Katze, die wir mit ihren Jungen in der Scheune gefunden haben, gelang offenbar der Umzug, bevor wir wiederkamen, um ihre Kleinen zu töten. Nach zwei Tagen Nachforschungen konnten wir sie aber schließlich doch dingfest machen.

– Die alte schwarze Katze, die immer die Zunge raushängen lässt, kann noch ganz schön kratzen, wenn ich versuche, ihr einen Topf an den Schwanz zu binden.

– Wenn ich eine kleine tote Katze begrabe und sie nach einer Woche wieder ausbuddele, wimmelt sie von Würmern.

– Ein kleiner Junge aus dem Dorf will mich dafür begeistern, kleine Kätzchen mit dem Kopf gegen die Wand des verfallenen Hauses zu klatschen. Das brauche ich gar nicht erst zu versuchen. Dazu habe ich keine Lust.

– Eine Frau ist gestorben, als sie über die Wiese oberhalb der Scheune ging. Herzstillstand. Da traue ich mich nicht mehr hin.

– Zwischen den Heuballen auf dem Feld hat mir jemand ein Schlangennest gezeigt, wo sich große, rosa, ineinander verschlungene Würmer winden.

– Ein anderes Mal, während der Ernte, schreien auf einmal

alle: «Achtung, Schlange!», und ich verstehe nicht, dass die Warnung mir gilt. Jemand springt auf mich zu und reißt mich weg, während ich wild zappele. Ich sehe gerade noch, wie sich ein langer schwarzer Riemen zwischen den Weizenhalmen davonschlängelt.

– Mein Po tut mir weh. Wahrscheinlich bin ich in ein Hornissennest getreten. Man bemächtigt sich meiner und gibt mich weiter wie einen Ball. Jemand zieht mir die Hose runter und saugt an dem Einstich, um den Stachel herauszuziehen. Ich versinke vor Scham im Boden und schwöre meinem Retter blutige Rache.

– Majeria heißt ein Berg ganz in der Nähe, der zu jeder Tageszeit eine andere Farbe hat, und den man zuweilen mit dem Finger berühren zu können glaubt, als sei er ein Ölgemälde. Abends ist er ganz violett.

– Man hat meine Schwester und mich früher ins Bett geschickt als sonst. Später weckt sie mich auf, mit tränenüberströmtem Gesicht. Zusammengekauert hocken wir am Treppenabsatz und beobachten, wie die Familie in der Wohnstube sitzt und genüsslich einen Schokoladenkuchen verspeist, den sie gegen unsere Essensmarken eingetauscht hat. Meine Schwester umfasst meine Schultern und sagt: «Weine, Bruder, weine!»

– Man zieht einer Kuh einen langen blutigen Stock aus der Öffnung unter ihrem Schwanz. Die Bauern haben einen seltsamen Ausdruck im Gesicht. Als sie bemerken, dass ich sie beobachte, werden sie zornig.

– Die alte Frau im Haus pisst im Stehen, mit gespreizten Beinen. Mich wundert, dass der Strahl so eine Kraft hat.

– Er sieht gar nicht so aus, aber der Esel vom Nachbarn kann einen Höllenlärm machen, wenn er anfängt zu schreien.

– Der Schweineschlachter ist auch gleichzeitig der Kantor

der Dorfkirche. Er sticht dem Tier eine lange dünne Nadel in den Hals, dessen Schreie ebenso markerschütternd wie sinnlos sind. Die Beine zucken heftig, während das Blut in eine Wanne tropft. Ich spiele oft Schweineschlachten, indem ich einen Apfel mit einem Messer durchsteche und dabei quieke wie ein Schwein. Blutwurst mag ich nicht.

– Ich mag auch nicht den Käse mit der harten Kruste, die mit Maden bedeckt ist. Einer aus dem Dorf kratzt sie immer mit seinem Taschenmesser ab und isst sie auf. Mit vollem Mund verkündet er: «Es gibt nichts Besseres!»

– In der alten Schublade sind Postkarten, alte Fadenreste, Nadeln und Reißnägel, lose Perlen, eine verrostete Schere und Garnspulen. Auf einer Spule mit gelbem Garn hab ich Maden gesehen, die genauso gelb waren.

– Die glänzende Pflugschar zerteilt auf einen Schlag die fetten Erdklumpen und die rosa Regenwürmer.

– Die Ochsen nehmen das Joch hin, ohne zu murren, und scheinen sich nicht besonders zu freuen, wenn die Arbeit vorüber ist.

– Auf den Büschen hinter dem Haus unter dem kleinen Fenster kleben Tausende von Schneckenhäusern. Die meisten sind kaputt, aber wenn ich lange genug suche, finde ich auch mal eins, das noch ganz ist.

– Ich stelle mich unter den verkrüppelten Apfelbaum, der hinter dem Backofen für das Brot steht, und rufe lauthals verbotene Schimpfwörter. Am liebsten sage ich «Bordell!», denn das erinnert mich an «Karussell». Einmal haben sie mich erwischt und sofort ins Bett geschickt. Aber das macht mir nichts aus, ich gehe gerne ins Bett.

– Bisher ist es mir trotz schlauester Tricks nicht gelungen, eine Frau nackt zu sehen. Also stütze ich mich auf das, was ich bei kleinen Mädchen gesehen habe, und stelle mir vor, dass der

Schlitz größer und entzündet ist und dass er mit umso größerer Sorgfalt versteckt wird, je scheußlicher er anzusehen ist. All die geheimnisvollen «Frauenkrankheiten» kommen aus diesem Loch.

– Ich fahre mit einem Schlitten auf einem vereisten Weg. Da der Schlitten nicht mir gehört, liege ich unter dem Besitzer, der die Richtung bestimmt, indem er mal den rechten und mal den linken Fuß schleifen lässt.

– Ein alter Bauer macht sich über seinen Nachbarn lustig, der genauso alt ist wie er und gerade einen Baum gepflanzt hat: «Er kann doch gar nicht mehr erleben, wie er wächst!», flüstert er mir vergnügt zu.

Das war in ungefähr meine Kenntnis der Natur, als ich sechs Jahre alt war. Zumindest soweit ich mich erinnern kann.

Tod, Würmer, Angst.

Im Grunde war ich da schon mit dem Wichtigsten vertraut.

Bei null angefangen und es zu nichts gebracht.

Obwohl sich der Kreis meines widerwilligen Unter-der-Sonne-Wandelns langsam schließt, bin ich immer noch damit beschäftigt, meine ersten Erfahrungen und mein lächerliches Entsetzen zu verdauen.

Diese Welt hat nichts mit dem gemein, was ich mir erhofft hatte. Egal ob Früchte, Bäume oder Wurzeln, überall ist der Wurm drin!

Ich muss durch das gleiche Loch gefallen sein wie die große rote Katze, denn ich bin in der gleichen braunen Suppe gelandet.

Natürlich bin ich nicht allein.

Wer in der Scheiße landet, sieht, dass sie genauso überfüllt ist wie die Metro zur Hauptverkehrszeit.

Um mich zu trösten, wenn ich mein Unglück beklage,

versichern mir die Leute, dass M. Dings und M. Bums auch große Sorgen haben, dass M. Soundso schwere gesundheitliche Probleme hat und nicht einmal krankenversichert ist, und dass selbst der illustre M. X. seinen Schuppen dichtmachen muss.

Platsch! Und wieder vier neue!

Kein Wunder, dass es keine Sitzplätze mehr gibt.

Wir drängen uns Schulter an Schulter im großen Pool und hoffen, dass keiner von uns Wellen schlägt und dass der Teufel uns noch eine Gnadenfrist gibt, bevor er angefahren kommt in seinem schicken Motorboot.

Die Skatologie – die Lehre vom Kotfressen – ist nicht besonders reizvoll, trotzdem kommt man nicht um sie herum, wenn man die Natur betrachtet.

Alles, was lebt, kommt aus einem Ei.

Alles, was lebt, ernährt sich und stößt das, was es von der aufgenommenen Nahrung nicht verwerten kann, wieder aus.

So auch die Pflanzen, die Düngemittel aus der Erde aufnehmen und Kohlendioxid ausscheiden.

Ich kannte mal einen Journalisten bei einem Skandalblatt, der angefangen hatte, Nachforschungen über das Leben der Skatophagen, der Kotfresser, anzustellen. Er nahm sich allerdings das Leben, bevor er sie zum Abschluss bringen konnte. Immer wenn ich ihn auf der Straße oder in einem Café getroffen habe, hat er mir seine neuesten Entdeckungen zuteil werden lassen, so als ob ich mich mit der Materie auskennen und uns beide eine besondere Beziehung verbinden würde.

Eines Tages verriet er mir:

– Weißt du, eine Sache ist mir jetzt klar: Sobald man Scheiße gerne isst, wird sie teurer als Kaviar.

– Obwohl es sich dabei ja nicht gerade um einen seltenen Gaumenschmaus handelt.

– Darum geht es nicht. Überleg mal, Fehler gibt es doch immer in rauen Mengen. Sie wuchern derart, dass sie neben dem Lachen eine der beiden typischen Besonderheiten des Menschen ausmachen. Tja, und Fehler können ganz schön teuer werden. Und selbst das Lachen bekommt man nicht umsonst.

– Stimmt, aber wie passt das zu der Scheiße?

– Nimm z. B. einen Feinschmecker. Er frisst längst nicht jeden Scheißhaufen, und auch nicht in jedem Zustand. Er bevorzugt eine bestimmte Temperatur, einen bestimmten Frischegrad, besondere Umstände, vielleicht sogar fest gefügte Rituale. Unerlässlich ist vor allen Dingen, dass die Ware von jemandem stammt, vor dem er sich gerne erniedrigt. Er wendet sich also an eine Prostituierte und teilt ihr mit, dass er besondere Wünsche hat. Sie wird sofort antworten: «Einverstanden. Aber das kostet etwas mehr.» Nachdem er ihr seine Manie geschildert hat, wird sie sagen: «Ich würde dir gerne Befriedigung verschaffen, aber im Moment muss ich nicht.» Er schlägt ihr vor, den geeigneten Moment abzuwarten. «In dem Fall», erklärt sie, «musst du meinen Verdienstverlust ausgleichen.» Und sie zögert den Moment so lange wie möglich hinaus, um möglichst viel Geld für sich herauszuschlagen. Wenn es dann so weit ist, zahlt er ... mehr als für den besten Beluga-Kaviar.

Seine Darstellung ruft die Erinnerung an den Schriftsteller wieder wach, der einen Arbeitslosen beauftragen musste, um ihm seinen Roman vorzulesen.

Alle beklagen sich, dass das Leben so teuer ist!

Ich finde es eher Ekel erregend.

Es fehlte nicht viel und ich müsste den ganzen Tag kotzen.

Zu Kaviar, Austern und Gänseleber muss ich mich stets zwingen.

Zum Glück muss ich das nicht jeden Tag essen, sonst wäre mir nur noch schlecht!

Und dann: Hirn! Eine schreckliche Vorstellung: es hinunterzuwürgen und gleichzeitig dabei denken zu müssen, wie es seine Bahn durch meine Eingeweide zieht ... ich hätte das Gefühl, mich selbst zu verdauen!

Voltaire hat sich einmal gefragt, wie gläubige Katholiken es verantworten können, eine Hostie zu verspeisen, lassen sie doch auf diese Weise zu, dass sich die heiligen Überreste des Körpers Christi mit den profanen Abfallprodukten des menschlichen Verdauungstraktes vermischen.

Sobald man sie unter dem Mikroskop betrachtet, verliert auch die Edelfäule schnell ihren aristokratischen Charakter.

Im Zoo von Vincennes sah ich mal einen Furcht einflößenden Film über die Fauna verschiedener Käsesorten. Dabei weiß ich längst, dass überall mikroskopisch kleine Monster lauern, in meinem Bettlaken, in meinen Haaren und an der Wurzel meiner Wimpern.

Man glaubt, man ist allein, dabei wimmelt man nur so von Lebewesen.

Eine regelrechte Kolonie Ekel erregender Geschöpfe.

Kleine Tierchen, eine unzählige Vielfalt kleiner Tierchen bevölkert das Terrain.

Ich finde alles eklig, Milben, lange weiße Würmer, die faul im Dreckwasser treiben, Filz- und Kopfläuse, Flöhe, Spinnen, Raupen, Küchenschaben, aber auch Elefanten, Krokodile, Schweine, Hasen, Katzen, Hunde, Fische, Reptilien, Vögel und Menschen, meine Artgenossen; die Menschen finde ich eklig, mich selbst inbegriffen.

Die Erde und das Universum ekeln mich an.

Natürlich kann man diese Position nicht lange durchhalten.

Auch ich bin zum großen Fressen der Natur geladen, mache gute Miene zum bösen Spiel und esse mit langen Zähnen, während ich gegen die Übelkeit ankämpfe. Und trotzdem bin ich untröstlich, dass ich bald den Löffel abgeben muss.

Die Aussicht, zu einem Erdklumpen, einem Grashälmchen oder einem Pilz zu werden, tröstet mich kaum.

Mit dem großen Ganzen zu verschmelzen, stelle ich mir auch nicht gerade erbaulich vor.

Bin ich verantwortlich für meine Gelüste und meinen Ekel?

Ich habe etwas Besseres verdient.

Die Natur ist nicht freundlich gesinnt.

Sie hat nicht die geringste Sympathie weder für mich noch für die Sterne. Welchen Weg das Licht nimmt, ist ihr egal. Jahrhunderte, Landschaften – die Natur lässt das alles kalt. Wie stark ist wohl die positive oder negative Ladung Unglück in einem Elektron?

Wie alle anderen, zusammen mit allen anderen werde ich geschlachtet, umgerührt und in alle Winde verstreut. Und dann wieder verwertet. Kommen Sie in unser Team, werden Sie ein Teil der großen Nahrungskette, ein Beruf mit Zukunft!

Dass die Natur grausam, eitel, gottlos, poly- und monotheistisch zugleich, rationalistisch, taub und blind ist, macht mir gar nicht so viel aus.

Solange ihr mir nicht von Liebe sprecht!

Man verschone mich mit schwachsinnigen Reimen über die erstaunliche Harmonie, das wohl organisierte Gefüge, die Schönheit und die unendliche Schaffenskraft der Natur!

Ich kann nichts Bewunderungswürdiges an der Natur finden. Ihre Artenvielfalt entlockt mir keinerlei Begeisterung.

Ihre Schönheit kann sie für sich behalten. Davon wird mir schlecht! Unermesslich ist mein Zorn.

Grenzenlos meine Verzweiflung.

Und ich gehöre dazu? Das kann ja heiter werden! Je besser ich sie kenne, umso mehr verabscheue ich sie.

Auch in eine Familie von Bankiers kann ein Verschwender hineingeboren werden, ein Revolutionär kann aus gutem Hause stammen, ein Vegetarier unter Kannibalen aufwachsen.

Dass auch ich ein Teil der Natur bin, ist noch lange kein Grund für mich, sie zu lieben. Ich ziehe es stattdessen vor, sie zu verspotten wie ein fauler Schüler in der hintersten Reihe, der den Hampelmann spielt, um die Streber zu ärgern.

So, ich bin ein Teil der Natur?

Da hab ich doch allen Grund, mich zu hassen! Deswegen rauche und trinke ich auch zu viel!

Ich hasse also naturgemäß alles, was mit mir zu tun hat.

Meinen Eifer und meinen Ehrgeiz, meinen Sinn für das Mittelmäßige und meine Angst vor dem Skandal.

Ich liebe die Luftverschmutzung, Beton, Stahl, die Dummheit der Menschen und ihre Genialität, die Zerstörung der Umwelt, die Atomindustrie, Konservendosen, die Weltraumforschung, Mülldeponien, Genmanipulation, Organtransplantation und Retortenbabys.

Ich hege grenzenloses Wohlwollen für alles, was die natürliche Ordnung der Dinge auf den Kopf stellt. Nur leider zeigt sich immer wieder, nicht zuletzt durch mich selbst, dass sie in ihrer tumben Macht unantastbar ist.

Ich heule den Sonnenuntergang an, eine einsame kleine Grille oder zwei Palmen in einer idyllischen Landschaft rühren mich.

Und ich soll brachliegen?

Soll mich der Erkenntnis beugen – wie die armen verwirrten Bauern –, dass der natürliche Rhythmus der Überproduktion vorzuziehen ist? Dass die Natur meine letzte Hoffnung ist, dass ich mich bemühen soll, ihr zu dienen, jetzt, da die Vernunft Bankrott erklärt hat?

Was ist denn das für eine Logik?

Welch ein Ohnmachtszeugnis, was für eine Kapitulation, welch schwachsinnige Schicksalsergebenheit gegenüber dem Henker.

Welche geistige Verirrung sollte mich dazu verleiten, die Verwaltung meines Lebens einem verbrecherischen Regime anzuvertrauen?

Landschaftshüter?

Ohne mich!

Die Landschaft hat nur den einen Zweck, mich zu begraben, zu zersetzen und mich ihr einzuverleiben.

Hütet der Hammel etwa seinen Hirten?

Das Stück Rindfleisch seinen Metzger?

Das Rumpsteak seinen Küchenchef?

Und soll ich am Ende vielleicht auch noch die Rechnung bezahlen?

Soll ich den Würmern etwa freiwillig Haus und Tor öffnen?

Den Staat gastfreundlich empfangen?

Das Weltall ehrerbietig preisen?

Den Priestern ein williges und demütiges Opfer sein?

Lieber gebe ich der erstbesten Laune nach, die mich ankommt, und erkläre das Absurde zur einzigen Richtlinie.

Sage «Man könnte meinen ...» und tu so, als sei es wahr. Oder falsch. Verwische jede Spur.

Ergreife jede Möglichkeit, mich dem Unsinn hinzugeben.

Stelle die Welt in ihrer Albernheit bloß.

Ziehe eine Fratze – wenn ich dazu noch in der Lage bin – in dem Moment, in dem der Polizeifotograf auf den Auslöser drückt. Bin ich der zur Niederlage verdammte Held einer fiktiven Geschichte oder eines Dokumentarfilms? Erscheine ich unter der Rubrik «Verschiedenes», oder bin ich das Opfer in einem Science-Fiction-Drama?

Und macht das überhaupt irgendeinen Unterschied?

Außerdem: Gäbe es keine Fiktion, würde man die Realität gar nicht mehr wahrnehmen.

Und eine Realität, die man sich nicht vorstellen kann, bleibt unsichtbar.

Diese allmächtige Realität ist in Wirklichkeit eine sehr simple, aber wenig erfreuliche Wahrheit: Alles, was lebt, muss sterben.

Mein Schicksal stand schon von Anfang an fest.

Ich bin weder rot noch weiß, ich bin bloß eine Blase im Champagnerglas.

Ich existiere gar nicht.

Donnerstag

16

Ich werde vom Telefon geweckt. Der Mann am anderen Ende der Leitung ruft aus Darmstadt an, und er hat einen ziemlich starken deutschen Akzent, deshalb bin ich geneigt, ihm zu glauben.

– Ich habe das große Vergnügen, Ihnen mitteilen zu dürfen, dass wir beschlossen haben, Ihnen den Bildhauerpreis der Stadt Darmstadt zu verleihen.

– Vielen Dank, das ist sehr freundlich von Ihnen, erwidere ich und heuchele freudige Überraschung. Aber warum, wenn ich fragen darf?

– Na ... weil uns Ihr Werk so gut gefällt! Die Preisverleihung findet in ungefähr einem Monat statt. Wären Sie bereit, zu diesem Anlass nach Darmstadt zu kommen? Selbstverständlich würden wir Ihre sämtlichen Kosten übernehmen.

Ich bewege langsam den Kopf hin und her, um das Ausmaß meiner Migräne abzuschätzen. Könnte schlimmer sein. Mit dem Zeigefinger betaste ich meine zottigen Augenbrauen und befreie ein paar verklebte Härchen vom Schorf.

– Wenn Sie Wert darauf legen, komme ich gerne. Wo liegt Darmstadt?

– In Hessen. Es wäre uns eine große Ehre. Es handelt sich hier um einen sehr wichtigen Preis, einen Preis mit internationaler Bedeutung. Die französische Presse hat bereits darüber berichtet. Vielleicht haben Sie es ja schon in der Zeitung gelesen. Es tut mir Leid, dass wir Sie erst so spät persönlich davon unterrichten.

– War da ein Artikel im *Figaro* oder in der *Libération*?

– Nein, einer in *L'Humanité* und ein anderer in *Elle*, soweit ich weiß.

– Ah ja, nochmals vielen Dank.

– Also, können wir mit Ihrer Anwesenheit in Darmstadt rechnen?

– Selbstverständlich.

– Wir würden in etwa einem Jahr gerne eine Ausstellung Ihrer Werke in Darmstadt organisieren. Halten Sie das für möglich?

– Durchaus, aber darüber müssten wir noch ausführlich sprechen.

– Und außerdem erhalten Sie noch einen kleinen Scheck – zugegebenermaßen eher bescheiden – über 30 000 DM.

– Wie bitte?

– Ja, das dürften etwas mehr als 100 000 Franc sein.

Ich hasse Telefonstreiche.

– Hören Sie, warum schreiben Sie mir nicht einen Brief? Ich war gerade auf dem Sprung, und unten wartet mein Taxi.

– Ich verstehe, verzeihen Sie, dass ich Sie aufgehalten habe. Selbstverständlich werden Sie von uns noch eine schriftliche Einladung erhalten. Also habe ich Ihre feste Zusage? Sie kommen nach Darmstadt?

Da bricht es aus mir heraus.

– Was wollen Sie mir verheimlichen? Wo liegt der Haken? Warum bereitet es Ihnen so viel Kopfzerbrechen, ob ich nach Darmstadt komme? Wenn es sich hier nicht um einen ganz üblen Scherz handelt, wenn Sie wirklich einen Scheck über 30 000 DM für mich haben, dann ist es doch das Mindeste, was ich tun kann, nach Darmstadt zu kommen!

Schweigen.

Ob ich ihn gekränkt habe? Oder wird er gleich in lautes Gelächter ausbrechen und mir verkünden, dass er aus dem «Pipos» oder der «Courtille» anruft?

– Ich begreife Ihre Verwunderung, und bitte verzeihen Sie mein schlechtes Französisch. Aber Sie müssen wissen: Letztes Jahr haben wir den Preis der Stadt Darmstadt an einen deutschen Künstler vergeben, und trotz seiner ausdrücklichen Zusage ist er nicht gekommen!

Ich gehe raus und frühstücke im «Muette».

Das Glück bleibt mir hold: Es regnet immer noch!

Ein feiner Regen, aber hartnäckig und ausdauernd.

Trotz eines leichten Katers und Gliederschmerzen am ganzen Körper fliege ich leichten Schrittes über das Pflaster.

Die Stadt Darmstadt ist bei mir und trägt mich.

Keiner merkt es, niemandem fällt es auf.

Sie denken, ich wäre allein, ohne jede Existenzgrundlage.

Sie haben bestimmt noch nie von Darmstadt gehört, würden sich ganz schön wundern, wenn ich ihnen sagen würde, dass es eine «Stadt des Darms» gibt.

Sie wären bestimmt begeistert: «Das ist doch Spitze! Da hast du ja den idealen Ort gefunden, die Stadt deiner Träume!»

Eine Stadt wie jede andere, keine Hauptstadt und keine Stadt mit glorreicher Geschichte, eine Stadt von mittelmäßiger Bedeutung (Stadt in Hessen, 145 000 Einwohner, Chemieindustrie, Verlage, Museen) hat beschlossen, mir einen Scheck über 30 000 DM auszustellen, und das, ohne irgendetwas über mich zu wissen, ganz ohne eine vorherige Prüfung meiner moralischen Eignung. Einfach so, zum Spaß, ganz umsonst.

So wie man einem blinden Straßenmusikanten einen Geldschein in den Hut wirft.

Eine einzige Stadt, und schon habe ich neuen Lebensmut.

Ob mich Lorraine in einem Jahr zur Ausstellung nach Darmstadt begleitet?

Wie viele Städte wie Darmstadt gibt es wohl auf der Welt?

Wenn jede Stadt ab und zu ihren guten Willen zeigt, bin ich sicher, dass meine Verzweiflung kleiner würde, dass ich nicht immer an den Tod denken müsste, dass ich sogar die verborgenen Reize der Natur wieder entdecken würde, dass mir die Frauen begehrenswerter erscheinen würden und ich weniger Abscheu vor kleinem Getier hätte und mich in meiner Wohnung wieder wohl fühlen könnte.

Jede?

Gar nicht nötig. Eine von zehn würde mir schon völlig genügen. Sogar eine von hundert, von tausend.

Und das Geld wäre nicht das Wichtigste. Die Städte müssten nicht jedes Mal die gleiche Summe aufbringen, denn das wäre ungerecht. Nein, der Spendensatz würde sich nach ihrem Finanzetat berechnen. Ich garantiere, dass auch die ärmeren Städte bei bescheideneren Summen meiner ungeteilten Dankbarkeit gewiss sein dürften. Auch für sie wäre ich bereit, mit dem gleichen Enthusiasmus und Engagement tätig zu werden.

Außerdem interessieren sich nicht alle Städte gleichermaßen für Bildhauerei. Einige werden vielleicht eine größere Vorliebe für die Literatur haben, andere für das Theater, wieder andere für das Chanson.

Hauptsache, sie vergessen ihren Pächter nicht!

Kunstpause?

Wer hat was von Kunstpause gesagt?

Schließlich darf ich die Stadt Darmstadt nicht enttäuschen, die ihr ganzes Vertrauen in mich setzt und deren einzige Sorge darin besteht, dass ich nicht kommen könnte, um meinen Scheck abzuholen.

Worin liegt die eigentliche Motivation des Künstlers, um schöpferisch tätig zu werden? Was braucht er vor allen anderen Dingen bei seinem gigantischen Streben, Schönheit zu schaffen? Was braucht er, um den vielfältigen Kräften zu widerstehen, die danach trachten, seine Genialität am Boden zu halten? Worin besteht sein vorderstes Ziel, wenn er die Lebensfreude erhöht und verherrlicht? Sind seine Motive moralischer, politischer, religiöser oder ästhetischer Natur?

Soll er sich in seinem Elfenbeinturm verkriechen oder sich unter die Menschen mischen?

Im Fernsehen auftreten oder sich auf eine einsame Insel zurückziehen?

Daran glauben, dass ihm ein außerordentliches Schicksal bestimmt ist, oder daran zweifeln?

Die Natur lieben oder ihr ins Gesicht spucken?

Für mich ist die Antwort ganz klar:

Alles, was ein Künstler von Zeit zu Zeit braucht, ist eine Stadt der Welt, die ihm ein freundliches Zeichen ihrer Anerkennung gibt und ihm zur Aufmunterung einen Scheck über eine beträchtliche, aber zugleich maßvolle Summe ausstellt, die dem großen Lottogewinn gar nicht gleichkommen muss.

Leb wohl, Kunstpause.

Sobald ich wieder zu Hause bin, mach ich mich an die Arbeit.

Für Darmstadt!

rowohlt paperback

Janice Deaner
Fünf Tage, fünf Nächte *Roman*
(paperback 22666)
Zwei Fremde, eine Frau und ein Mann, besteigen in New York den Zug nach Los Angeles. Beide hüten ein Geheimnis; beide fliehen vor ihrem bisherigen Leben. Sie kommen ins Gespräch, und schon bald entwickelt sich eine Nähe zwischen ihnen.

Daniel Woodrell
John X. *Roman*
(paperback 22648)

Elfriede Jelinek
Macht nichts *Eine kleine Trilogie des Todes*
(paperback 22683)
«Im ersten Teil hat eine Täterin gesprochen, die nie eine sein wollte, im letzten Teil spricht ein Opfer, das auch nie eines sein wollte. Die Zeiten, da alle Opfer werden sein wollen, sollen ja erst noch kommen.»
Elfriede Jelinek

Toby Litt
Unterwegs mit Jack *Roman*
(paperback 22408)

Stewart O'Nan
Die Armee der Superhelden
Erzählungen
(paperback 22675)
In diesen preisgekrönten Erzählungen entfaltet Stewart O'Nan die ganze Bandbreite menschlichen Lebens zwischen Verzweiflung und Hoffnung. «O'Nans spannendes Werk ist zum Heulen traurig und voller Schönheit, seine Sprache genau und von bestechendem Charme.»
Der Spiegel

Literatur

Thor Kunkel
Das Schwarzlich-Terrarium
Roman
(paperback 22646)
Thor Kunkels Roman vermischt Elemente der schwarzen Komödie mit Pulp-Fiction und utopisch-technischer Phantasie zu einem ebenso düsteren wie hellsichtigen Panorama der siebziger Jahre.

Dakota Hamilton
Hinter dem Horizont geht's weiter *Roman*
(paperback 22558)
«Krimi, Komödie und Liebesgeschichte – dieser Roman ist wie ein Harley-Davidson-Trip an einem sonnigen Nachmittag: ein rasanter Spaß.»
Quill & Quire

Weiter Informationen in der **Rowohlt Revue**, kostenlos in Ihrer Buchhandlung, und im **Internet: www.rowohlt.de**

Romane und Erzählungen

Julian Barnes
Flauberts Papagei *Roman*
(rororo 22133)
«Dieses Buch gehört zur Gattung der Glücksfälle.» *Süddeutsche Zeitung*
Briefe aus London 1990-1995
(rororo 22128)
In fünfzehn Briefen aus London erzählt Barnes von Margaret Thatcher, John Major und Tony Blair und wirft vielsagende Blicke hinter die Kulissen von Lloyd's of London und über die Mauern des Buckingham-Palasts.
«Unglaublich witzig.» *Stuttgarter Nachrichten*

Andre Dubus
Sie leben jetzt in Texas *Short Stories*
(rororo 13925)
«Seine Geschichten sind bewegend und tief empfunden.» *John Irving*

Erri De Luca
Die erste Nacht nach einem Mord *Erzählungen*
(rororo 22406)
Die Asche des Lebens *Erzählung*
(rororo 22407)

Stewart O'Nan
Engel im Schnee *Roman*
(rororo 22363)
«Stewart O'Nans spannendes Erzählwerk ist zum Heulen traurig und voller Schönheit, seine Sprache genau und von bestechendem Charme. Die literarische Szene ist um einen exzellenten Erzähler reicher geworden.» *Der Spiegel*

rororo Literatur

Nicholas Shakespeare
Der Obrist und die Tänzerin *Roman*
(rororo 22619)
«Ein spannender und poetischer Roman über Gewalt, Ethik und Liebe.» *Süddeutsche Zeitung*

Alexandru Vona
Die vermauterten Fenster *Roman*
(rororo 22459)
«Ein Jahrhundertwerk.» *Saarländischer Rundfunk*

Daniel Douglas Wissmann
Dillingers Luftschiff *Roman*
(rororo 13923)
«Dillingers Luftschiff» ist eine romantische Liebesgeschichte und zugleich eine verrückte Komödie voll schrägem Witz, unbekümmert um die Grenzen zwischen Literatur und Unterhaltung.

Weitere Informationen in der **Rowohlt Revue**, kostenlos in Ihrer Buchhandlung oder im **Internet: www.rowohlt.de**

Leben ohne Gebrauchsanweisung

Diese Bücher wenden sich an Frauen, die *Machiavella*, *freche Frauen* und *böse Mädchen* satt haben und statt dessen ihr Leben mit Gelassenheit und Mut zur Unvollkommenheit gestalten.

Susanne Stiefel
Lebenskünstlerinnen unter sich
Eine Liebeserklärung an die Gelassenheit
(rororo 22585)
Hier ist das Buch für Frauen, die keine vollmundigen Lebensrezepte brauchen, weil sie einen eigenen Stil gefunden haben. «Wie sehr einem das Leben erst gehört, wenn man es erfunden hat» – dieser Satz von Djuna Barnes ist ein Leitmotiv für dieses Buch, das eine Kombination von Text und Bild, von Geschichten aus dem vollkommenen Leben, bissigen Sottisen, von schönen Photos und typographisch hervorgehobenen Zitaten ist.

Amelie Fried (Hg.)
Wann bitte findet das Leben statt?
(rororo 22560)
Wann bitte findet das Leben statt? fragt sich wahrscheinlich so manche Frau, wenn sie gestreßt vom Alltag feststellt, daß ihre Träume irgendwo zwischen Beruf- und Privatleben verlorenzugehen drohen. Die Geschichten namhafter Autorinnen erzählen von Frauen und ihren Träumen, Enttäuschungen und hoffnungsvollen Perspektiven. Ein Buch über Frauen, die ein Leben ohne Gebrauchsanweisung führen.

rororo

Julie Burchill
Verdammt – ich hatte recht!
Eine Autobiographie
(rororo 22556)
Das großartige Manifest einer begnadeten Journalistin und bekennenden Egozentrikerin. Drogen, Männer und Frauen: Julie Burchill hat nichts ausgelassen.
«Mädchenkitsch-Fanatikerinnen jeden Alters, hier ist Eure Bibel!» *Spex*

Ildikó von Kürthy
Mondscheintarif *Roman*
(rororo 22637)
Cora ist 33. Alt genug, um zu wissen, daß man einen Mann NIEMALS nach dem ersten Sex anrufen darf. Also tut sie das, was eine Frau in so einem Fall tun muß: Sie epiliert sich die Beine, hadert mit ihrer Konfektionsgröße und ihrem Schicksal – und wartet. Auf seinen Anruf. Stundenlang.

Weitere Informationen in der **Rowohlt Revue**, kostenlos im Buchhandel, oder im **Internet: www.rowohlt.de**

Lebensläufe

Linde Salber
Tausendundeine Frau *Die Geschichte der Anaïs Nin*
(rororo 13921)
«Mit leiser Ironie, einem lebhaften Temperament und großem analytischem Feingefühl.» *FAZ*

Nancy B. Reich
Clara Schumann *Romantik als Schicksal. Eine Biographie*
(rororo 13304)
«Das bisher wichtigste und einsichtigste Buch über die Frau und die Musikerin Clara Schumann.»
Darmstädter Echo

Serge Bramly
Leonardo da Vinci *Eine Biographie*
(rororo 13706)
Serge Bramly erzählt faszinierend das rastlose und extravagante Leben dieses wohl letzten Universalgenies.

Bascha Mika
Alice Schwarzer *Eine kritische Biographie*
(rororo sachbuch 60778)
Die Biographie einer der strittigsten Frauenfiguren unserer Nation. « ... Bascha Mikas Buch bietet mehr als Fakten. Es enthält Interpretationen und subjektive Sichtweisen, so wie sie jeder guten Biographie anstehen ... es ist ein faires, informatives Buch.» *NDR 4*

Daniel Barenboim
Musik – Mein Leben
(rororo 13554)
Mal anekdotisch, mal nachdenklich berichtet hier ein von der Musik Besessener aus seinem bewegten Leben.

rororo Biographien

Erika Mann
Mein Vater, der Zauberer
Herausgegeben von Irmela von der Lühe und Uwe Naumann
(rororo 22282)
Die Geschichte dieser außergewöhnlichen Vater-Tochter-Beziehung wird in diesem Band nachgezeichnet. Mit zahlreichen Essays, Interviews und Briefen.

Kenneth S. Lynn
Hemingway *Eine Biographie*
(rororo 13032)

Ein Gesamtverzeichnis aller lieferbaren Titel der *Rowohlt Verlage, Rowohlt · Berlin, Wunderlich* und *Wunderlich Taschenbuch* finden Sie in der **Rowohlt Revue**. Vierteljährlich neu. Kostenlos in Ihrer Buchhandlung oder im **Internet**: www.rowohlt.de

3285/7